財閥御曹司と子づくり契約を結んだら、
想定外の熱情で独占愛の証を宿しました

m a r m a l a d e b u n k o

マーマレード文庫

目次

財閥御曹司と子づくり契約を結んだら、想定外の熱情で独占愛の証を宿しました

第一章　水も滴る……6
第二章　子づくり契約……30
第三章　大きな壁……53
第四章　近づく距離……95
第五章　結ばれる……134
第六章　初夜……159
第七章　プレッシャー……207
第八章　嫉妬と衝動……229

第九章　力になりたい……259
第十章　しがらみ……279
第十一章　深まる想い……298
第十二章　愛の交わり……323
第十三章　幸せの証……343
あとがき……350

財閥御曹司と子づくり契約を結んだら、想定外の熱情で独占愛の証を宿しました

第一章　水も滴る

身なりを整えて姿勢を正し、正面の男性を見つめ口角を上げる。笑顔を保ちすぎて、そろそろ口の端がぴくぴくと痺れてきた。それに幾度となく浴びせられるキツい言葉に、私はすでに挫けそうだ。

十月も中頃、晴れ渡った気持ちのいい秋の一日のはずが、気分は沈むばかり。

「それでは、小倉さんの得意料理はなんですか？」

「得意な料理は特にはないのですが……最近は和食の基本を練習中です」

ここで嘘をつけばいいのだろう。でも、さらに深く追及されたら結局バレてしまうと思った。先ほどから不躾に根掘り葉掘りと聞いてくる人だとわかったので、嘘をついても無駄だと判断した。

まあ結婚を見据えた話なのだから、仕方ないんだろうけれど。

「その年齢で？　それはないなあ。自分で練習するよりも料理教室にでも通ったほうがいいよ。一人暮らししてるなら、料理をするのが当たり前だと思ってたなあ」

「……すみません」

それは彼の言うとおりなので認めざるを得ない。家事から逃げてきた自分のせいだ。

「あと、化粧はちゃんとしたほうがいいんじゃないかな。地味な顔だし。それから服装はもっとシックでもいいかな。いい年齢なんだし」

……もう帰りたい。

写真やプロフィールだけではわからない。実際に会ってみないとはじまらないですよ、と結婚相談所の人に言われ納得して彼と会うことになったけれど、数分話をしてみてすぐにわかった。この人は無理だ。年上とはいえやけに上から目線で偉そうな態度。メイクだって、社会人としてきちんと見えるよう上品にしているのに。控えめだからか、彼の目にはただの地味な女としか映っていないらしい。

「僕が一流企業に勤めているからって、楽をさせてもらえるとは思わないでね。仕事を辞めても家事は完璧にしてもらいたいし、家政婦なんか雇わないよ？」

「……はぁ……」

先ほどから繰り返される自慢に、時間よ早く過ぎろと願うばかりだ。質問攻めをしていた男性もついに話すことがなくなったのか、退屈そうだ。私から話題を提供する気すら起きない。

彼はふと腕時計を確認して、「あ」と声を漏らす。そして隣の席に置いてあったカバンとジャケットを手に取り立ち上がった。

「僕は忙しいので、これで失礼。とりあえず今回はなかったことに。では」

「ええ!?」

「ああ、安心して。お会計はこれでよろしく」

思い出したように財布を取り出し、三百円をテーブルに置いた。呆気に取られているうちに彼は足早に立ち去る。私は三枚の百円玉と、彼が頼んだコーヒーケーキセットを見比べる。一方、私は紅茶のみ。

私はお金に細かいほうではないが……年上で、さらに一流企業に勤めていると偉そうに何度も言っていたのに、三百円。店の雰囲気からして、それでは足りないことは明らかだ。しかも私のほうが振られたようになっているのは納得がいかない。本来であれば相談所の人経由で返事をしなければいけないのに、直接振られた。でも結局は、高学歴エリートの彼のお眼鏡には適わなかったということだ。

「……疲れた」

姿勢を崩し、冷めても上品な味がする紅茶を一口飲んだ。観察するような視線には気が抜けなかった。年始の一月に結婚相談所に入会して、直接会うことになった人は今日で八人目だ。十ヶ月もの間いろいろな男性と会ってきたけれど……プロフィールでは真面目そうに見えていただけに、対面したらこれまでで一番ギャップが強烈だった。今までに会った人たちも、私の年齢をあからさまにバカにしたり値踏みをしたりするような視線を向けてきた。それに耐えられず、二度目のデートまで進んだことはない。今回もだめだった。

三十一歳という年齢的にも我儘を言っていられないことは承知のうえだけど、どうしても無理なものは無理。せめて、普通の人がいい。

そもそも結婚相談所なんて入るつもりはなかった。きっかけは母の言葉だ。

『いい加減、孫の顔を見せなさい！』

彼氏と別れたばかりの私にはひどく突き刺さった言葉だった。母にはもともと彼氏がいるとは言っていたので、さっさと結婚して子どもをつくれと何度も厳しく言われていた。私だって元彼とは結婚する気だったので、振られた直後の母の言葉には大ダメージをくらった。

彼氏と別れた時点で結婚を諦めていたのに、早く孫が見たいと言ってくる母には彼氏と別れたことを言えず……実家に彼氏を連れてきなさい、としつこく言われる日々。ただうるさいだけならまだしも、真剣に言われるので私もさすがに焦っていた。より早く結婚にこぎつけるように、仕方がなく結婚相談所に登録をした。けれど八人目ですでに心が挫けてしまっている。

元彼に振られた時、家事があまり得意ではないことも含めてさんざん『お前に結婚は向いてない』と罵倒されたので、結婚への自信は日々なくなってきている。そして結婚願望はほぼないというのに、なるべく若いうちに子どもだけでも欲しいという矛盾に苦しんでいる。この日々を続けていくのは考えるだけで苦痛だ。

これからのことを考えると疲れてしまって、ため息を吐く。

もうこの場にいる必要はない。さっさと家に帰ってリラックスしようと立ち上がった時、テーブルの端にあったグラスに手がぶつかり倒してしまった。グラスに入っていた水がこぼれ、白いテーブルクロスに染みを作っていく。

「わっ」

その時、男性の驚く声が聞こえた。ちょうどテーブルの真横を通りがかった男性に、コップの水が飛んでしまっていたのだ。高そうなスーツのジャケットの裾とスラックスの太腿部分が、水でびっしょりと濡れている。しかもグレーのスーツなので、濡れた部分がとても目立っていた。

「あ……すみません！」

慌てて頭を下げる。

「大丈夫ですよ。あなたは大丈夫でしたか？」

「はい、私は全然。それよりスーツが……！」

時間が経つにつれて染みは広がっていく。けっこうな水の量がかかってしまい、滴っている。

「すぐ乾きますし、水だから問題ありません。それでは」

男性はそのまま立ち去ってしまう。遠目から見てもグレーのスーツは濡れ、見ていられなかった。私は急いで店員を呼び、こぼしてしまったことを謝罪する。それからすぐに会計を終えレストランを出て、彼を追いかけた。

「あのっ！」

声をかけると、グレースーツの男性が振り返る。まだ濡れた箇所は濃いグレーに色が変わっている。

「先ほどの……どうかしましたか？」

「あの、やっぱりクリーニング代もらってください……あれ、これしかない」

財布の中身を確認すると、千円札がたったの三枚。もっとあったはずなのに、あのケーキセットがやたらと高かったから一気になくなってしまっていた。でもあのケーキセットよりも、彼のスーツのほうが何百倍も高そうだ。

「すみません。足りなければ連絡先をお伝えしますので、請求してください」

とりあえずは三千円を彼に差し出した。いい大人がこれしか払えないのは恥ずかしい。こんなことになるならさっき、現金で支払うんじゃなかった。

「大丈夫だって言ったのに」

男性は微笑み、私が差し出したお札を受け取らずに手で押し戻した。

「でも」

「それなら、服が乾くまで付き合ってもらっていいですか。今日はさんざんだったみたいだし、俺の話も聞いてください」

「……え？」

私は目の前でにっこりと微笑む男性をぽかんと見上げた。

結婚相談所の男性と会っていた場所は、都内でも有名な高級ホテル内のレストランだった。ホテル内には、ほかにもいくつかのレストランやカフェバーがある。一度店を出たからには戻りづらく、別の階にある店に入ることになった。私は戸惑いながらも、彼にお詫びをするために素直についていった。それと同時に、一見優しそうな男性だけれど、高額請求をされたらどうしようと心の片隅で不安を感じていた。

十階にあるカフェバーは、外の庭園や景色が見えてゆったりとしている。季節柄か入り口や店内はところどころハロウィンらしい装飾がされており、目にも楽しい。窓際の四角いテーブルに案内され向かい合って座った。

「飲みものは何にしますか？」

さっきのレストランでは見る余裕がなかった風景に見とれていると、一つしかないメニューを差し出された。さっきは紅茶を飲んだので、違うものを頼むことにする。

「カフェオレにします」

了解、と彼はすぐに店員を呼んだ。

「カフェオレとブレンド、それからケーキセットを一つお願いします」

彼もケーキを食べるらしい。つい先ほどの嫌な気持ちを思い出した。お金の問題ではない。気持ちの問題だ。

「ケーキはどちらにいたしますか？」

店員がそう言って、メニューにある数々のケーキを手のひらで示す。

「うーん……。どれがいいと思う？」

ケーキ一覧のページを差し出される。彼が食べるものを私が決めるのかと困惑したが、男性の場合は甘いものを食べ慣れておらず、どれを選んでいいかわからないのかもしれないという結論に思い至る。

「え、っと……じゃあ、これとかどうでしょう」

秋らしいモンブランやかぼちゃを使ったミルクレープなど、どのケーキも気になったけれど私はチョコレートケーキを選んだ。嫌いな人は少なそうだし、チョコレートケーキだけでも種類が豊富だったので、この店の一押しだろうと思ったからだ。

「ありがとう。ではこれでお願いします」

彼は迷うことなく、私が選んだものを注文してくれた。

「承知いたしました。少々お待ちくださいませ」

メニューを閉じると男性は微笑んだ。

「黒崎翔梧といいます。あなたは？」

「小倉茜です。先ほどはすみませんでした」

ぺこりと頭を下げて顔を上げると、優しく私を見つめる瞳があった。目が合った瞬間、ドキッとする。ついさっきまでは慌てていて気がつかなかったけれど、あらためて見るとすごくかっこいい人だ。鼻筋が通っていて、きりっとした瞳は目力が強く吸い込まれそう。髪は黒に近い茶色で柔らかい雰囲気。そして、高そうなスーツがよく似合っていてオーラがある。

「いや、もういいですから」

笑った顔は親しみやすく、初対面なのに不思議とほっとする。

挨拶も済んだところで、すぐにドリンクとケーキセットが運ばれてくる。私の正面にカフェオレ、黒崎さんの正面にはコーヒー。そして黒崎さんの前にケーキが置かれそうになると、彼は私のほうに手を差し出す。ケーキは私の前に置かれた。

「え、私にですか？」

「はい。苦手でなければ」

ケーキが苦手だなんてとんでもない。私に選ばせたのはそういうことだったのかと腑に落ちた。喜んで厚意に甘えることにした。

「ありがとうございます。いただきます」

彼はコーヒーを飲み、私もカフェオレを一口飲んだ。ケーキがあるので砂糖はなしだ。さっそくフォークを手に取りケーキを一口分すくって口に運ぶ。

「おいしい……」

一口食べて、私は思わず感嘆の息を漏らしていた。スイーツは好きなのでケーキはよく食べるけれど、こんなにおいしいチョコレートケーキは久しぶりで感動していた。

濃厚なチョコなのに重さはなく、大人向けでさっぱりとした甘みがある。上と中にはサクッと歯ごたえのあるチョコがちりばめられていて、食感も楽しい。単調になりがちなチョコレートケーキなのに、そんなことはまるで感じさせない。

「それは良かった。ここのチョコレートケーキは人気らしいですよ」

「人気な理由がわかりますね。すごくおいしいです」

上品な味は飽きることなく次々と口に運びたくなるが、すぐに食べてしまうのはもったいないと葛藤する。

「ところでクリーニング代ですけど」

「はい！」

私はカバンの中に仕舞ってある財布に手を伸ばした。いくら請求されたとしても支払うつもりだ。

「五万円でどうでしょうか」

その金額にごくりと息を呑む。それほど高いスーツなのは見てわかる。彼の身体にぴったりとフィットしていて丈も合っている。きっと特注なのだろう。皺ひとつないし手入れもちゃんとしていそうだ。

「……今は持ち合わせがないのですが、後日で良ければ……」

痛い出費だ。でもさっきの私は、それも仕方がないと納得できることをした。神妙な面持ちで黒崎さんを見つめると、ふいに彼が噴き出した。

「すみません、冗談です。さっき話したとおり、一緒にお茶してくれたらいいです」

「本当ですか？　ご迷惑をおかけしたのは私ですので、構いません！」

財布に入っていない五万円を出す勢いだ。するとさらに黒崎さんは控えめに声を上げて笑った。

「いや、そもそもそんな金額にはならないですし、水だから乾けば何も問題はない。あまりにすまなそうにしてたから、ちょっとからかいたくなってしまいました。申し訳ない」

真に受けてしまったのが恥ずかしくなる。クリーニング代の相場などわからないが、高そうなスーツなので納得の金額だと思っていた。

「さっきもつまらない男の話を律儀に聞いてたでしょう？　優しいなと思いましたよ」

「見てたんですか」

「見てたというか、男の声が大きかったから聞こえてきて気になってました」

あれを聞かれていたなんて恥ずかしい。私がどれほどだめな女か、彼にはもうバレてしまっているらしい。

「お恥ずかしいです」

「そんなことない。実は俺もさっきのレストランで、結婚相談所に紹介された女性に会ってたんです」

私とあの男性の会話だけで結婚相談所で出会ったのだと見抜くとは、なんて洞察力が鋭いのだろう。それより、こんな人が結婚相談所に入っているなんて信じ難い話だ。

「そうだったんですか。でもそのお相手の女性は……？」

黒崎さんのスーツを濡らしてしまった時から彼は一人で、周囲に女性がいる気配はなかった。

「俺も先に帰られてしまいました」

こんな完璧に見える人でも、女性に断られてしまうなんて、私の結婚がさらに絶望的に感じた。

「そんな、黒崎さんのような人なら引く手あまたでは……」

「まさか。苦労してますよ」

黒崎さんはよく笑う。

「私もさんざん文句を言われたうえに帰られてしまいました。もう半分諦めてます」

「結婚を？」

彼の目を見たままこくりと頷く。

「私は結婚に向いてないらしいので、とりあえず早めに子どもだけでも欲しいなって思ってるんですけど」

「向いてないって？」

「元彼に言われたんです。それに相談所に紹介された人に会うのは八人目なのに、全然だめみたいなので。もう諦めようかと思ってます」

「酷い男だな。気にすることないですよ」

たとえお世辞だとしても、黒崎さんのような人に励まされるとほっとする。私は少し軽くなった気持ちでカフェオレを一口飲んだ。ほど良い甘さのチョコレートケーキとよくマッチしている。

「黒崎さんはどうして相談所に？」

「俺は三十五歳だから、さすがに親がうるさくて。結婚にはそれほど興味がないんだけど、親のためにも早めに子どもが欲しいと思って仕方なく」

「親御さんに言われるんですか？」

「うん。わりと脅しみたいなこともね」

脅しだなんて物騒な。なんて言われているのか気になったけれど、さすがに聞くことはできなかった。

「私も三十一なので……年齢的に、子どもだけでも早く欲しいなって思ってます。母には元彼と別れたことは黙っているので、余計にせっつかれてしまって」

「まだ若いのに」

私は首を振った。会社ではもう中堅で後輩もたくさんいる。同年代の友だちはほとんどが結婚しているし、子持ちも多い。焦らなくてはいけない年齢という自覚もあり、実際焦っている。

「お互い大変ですね。子どものいる家庭はすごく憧れます」

初対面なのにすらすらと言葉が出てくる。彼が聞き上手なのか、先ほどの男性のように値踏みするような視線を向けてこないからか。

結婚相談所の相手がこの人なら良かったのに。

でも彼のような人に私は釣り合わなそうだ。きっと条件的にも私には紹介されることのない人だろう。あんなに高そうなスーツを着ているし、品があって大人っぽいし、相当レベルの高い女性でなければ会うことも難しそうだ。

「俺も、周りの男の待ち受けが子どもの写真ばかりになってて、たまに羨ましくなります。といっても結婚願望はあまりないんですが」

すごくわかる。お互い理由は違えど抱える気持ちは同じで、勝手に親近感が湧く。

ついにケーキを食べ終えてしまった。少し物足りないような、ほど良い大きさだ。

きっとまた食べたくなるように綿密に計算されているのだろう。

黒崎さんに視線を戻すと、彼は考え込むように顎に手をやり私を見つめていた。黙ったまままじっと見つめられると居心地が悪い。

「黒崎さん？」

声をかけると彼はまだ私を見つめたまま、ゆっくり口を開く。

「……突然なんだけど、小倉さんに提案があるんです」

「提案、ですか？」

カフェオレを一口飲んでから聞き返すと、彼は真剣な顔をして頷いた。

「俺も小倉さんも、結婚をしたいというより、早く子どもが欲しい。合ってますか？」

「は、はい」

あらためて言われると少しばかり恥ずかしい。でも黒崎さんが真面目に聞いてくるので私も真剣に頷いた。私たちにとって、それは深刻な悩みではある。

「それなら俺と、子どもをつくる前提で結婚しませんか？」

一瞬、時が止まる。形のいい黒崎さんの唇から発せられた言葉を頭の中で何度も繰り返す。繰り返して、それがどれだけ重大な提案か気づいた。

「子どもをつくる、ですか⁉」

思わず大きな声を上げていた。目を大きく見開き黒崎さんを見る。

「ええと、声が大きい、かな」

「あっ……ごめんなさい」

慌てて手で口を押さえた。周囲の店員や客の視線を感じて身体を縮める。

「いや、大丈夫です」

黒崎さんは喉を鳴らし笑っている。そもそも彼が変なことを言いだしたせいなのに。

「冗談、ですか？」

「いや。冗談じゃない。真剣です」

笑っていた黒崎さんは言葉どおり再び真剣な眼差しに戻る。

「婚活というプロセスを飛ばして結婚をすれば、子どもができるまでの期間も短くて済む。お互い結婚よりも子どもを重視してるんだったら、早いほうがいいかなと思いまして。例えば期間を決めて、それまでに子どもができなかったら別れるなり二人にとって最善となる方法を考える、という契約結婚はどうでしょう」

私は唖然として黒崎さんの話を聞いていた。そんなこと、考えもしなかった。結婚や子どものためには、恋愛やお見合いが前提だと思っていたから頭がついていかない。

「メリットがあると思いませんか？　デメリットは……そうだな、俺と一緒になるのが嫌だったら困るくらいかな」

私が混乱中だとわかっているのか、黒崎さんは今まで以上に口調を和らげ私を安心させるように爽やかな笑顔を向ける。その顔を見ていたら落ち着いて考えられるようになってくる。

「……本気の本気ですか？」

「はい、もちろん」

念のため確認すると、彼は意志の強そうな瞳で自信満々に頷いた。冗談を言っていたり、からかっていたりするようには見えない目だ。

なるべく早く子どもを産むためには、今日みたいな婚活を続けていても無駄に時間がかかるばかりで、生産的ではないと容易に想像できる。目的が決まっていて、出会いの部分を省けるのは有意義だ。

しかも相手は黒崎さん。結婚相談所の相手が彼だったらいいなと思っていただけに、その提案には惹かれるものがあった。落ち着いて考えてみてもこの契約結婚、条件的にはメリットしかなさそうだ。あとは感情の問題。

婚活もうまくいかない私としてはありがたい提案だけど、今度は逆に私でいいのかと不安はある。

「でも、どうして私なんですか。黒崎さんならいくらでも女性は選べそうなのに」

「父の勧めで何回か見合いをしたものの、一緒に生活をする女性は自分で決めたくて。だから父には黙って相談所に入会したんだけど、紹介される女性とはことごとく価値観が合わなかったんです。初対面の女性と話して純粋に楽しかったのは小倉さんが初めてです。それに、あんな失礼な男相手に誠実に向き合う姿勢にも惹かれました」

水をかけてしまったし、男性に振られる現場まで見られているというのに、好印象を与えていたとは信じられない。それに、彼とは釣り合う気がしないと思っていたからこそ、正直になんでも話せていた。モテない女だと自分から言っているようなものなのに……それほど彼は、今すぐにでも子どもが欲しいのだろうか。

「小倉さんの人生に関わることだから、返事は今すぐにとは言いません。でも、前向きに考えてくれたらうれしいし、すごく助かります」

彼の悩みも私と同じくらい……いや、こんな提案をしてくるということは私以上に深刻なのかもしれない。

「わかりました。少し考えさせてください」

黒崎さんの気持ちを真剣に考えたい。

「ありがとうございます。来週あたりにもう一度、会いませんか」

契約のことを考えるにしても、要素が足りなすぎる。頷くと、連絡先を交換することになった。結婚相談所の相手とは、連絡先の交換にすらたどり着けなかったのに。

「そろそろ行きましょう。時間を取らせてしまって申し訳ない」

「いえ、もとはと言えば、私が水をかけてしまったせいなので……」

衝撃的な提案で上書きされそうになったが、彼のスーツに視線を落とす。先ほど水に濡れて色が変わってしまっていた場所は、もうどこだったかわからないくらいになっていた。

「さすがに乾いたみたいだね」

「良かったです」

こぼしたのがコーヒーのように色のあるものじゃなくて良かったと心底、安堵した。

カフェバーを出てエントランスに向かいながら、黒崎さんはスーツの内ポケットから革製の名刺入れを取り出す。中から一枚抜き、それを差し出された。

「今日会ったばかりで信用もできないだろうから、念のため名刺を渡しておきます」

彼のことを疑っているわけではないけれど、名刺を貰えるとさらに信用度が増す。

「ありがとうございます。すみません私は今日、持っていなくて」

黒崎翔梧という名前を確認してから、折れないように財布に仕舞った。財布の中には数枚のお札が残っている。あのおいしいケーキもカフェオレも、黒崎さんが支払ってくれた。

「ケーキもご馳走になってしまって……ありがとうございました」

「いえ。さっきの男に奢ってたでしょう。その代わりです」

「そんなところも見てたんですね」

情けないところばかり見られてしまっている。もう今さら何を取り繕っても無駄だろう。

「ええ。俺と同じ状況の小倉さんが、気になったもので」

黒崎さんは優しく微笑む。つい先ほど会っていた意地悪な人の微笑みとは全然違う、安心できる笑顔に照れくさくなってしまって、なんて答えたらいいかわからなかった。

ホテルを出ると、タクシーが待機していた。よくある光景に通り過ぎようとすると、彼に引き留められる。

「良ければどうぞ」

「え？」

「タクシーお願いしておきました。料金は俺に来るようになってるので安心してください」

いつの間に。

さっきから私の行動の先をいく彼には感心する。女性慣れしているのか気が回るのか、やっぱりどう見てもモテないわけがない。私が今まで出会った男性の中で、これほどの人はいなかった。

「そこまでしていただいて……ありがとうございます」

「いえ。じゃあまた、気をつけて」

後部座席に乗り込むと、彼が覗き込んで笑った。彼は乗らないらしい。

「黒崎さんも、お気をつけて」

私が頭を下げると彼はタクシーから身体を離し、ドアが閉まった。手を振られたので控えめに振り返す。

発車すると背もたれに身体を預け、息を吐いた。結婚相談所の相手に会いに来て、まったく別の男性に子どもをつくる前提の結婚を提案されるとは思わなかった。予想外すぎる展開だ。

子どものために結婚って、本気かな。

彼の目は真剣だった。あの目を信じたい。でも、信じるにはまだ早い気がしてならない。

ふと思い立ち、財布から黒崎さんに貰った名刺を取り出す。

シンプルながらもデザイン性のある白い名刺の中央には、黒崎さんの名前。そして名前の上部には……。

【黒崎商事　代表取締役社長】

「え」

一人なのに声が漏れる。一瞬、タクシーの運転手がミラー越しにこちらの様子を窺う視線を感じて、気まずくなり俯いた。

名刺を食い入るようにして見る。何度見ても【代表取締役社長】と書いてある。

本物の社長さんってこと?

たしかに堂々とした姿は大物のオーラがあった。仕事ができそうな振る舞いだったし、エリートかなとは思っていたけれど……三十五歳と聞いていたので、まさか社長だとは思わなかった。

すぐにスマホを取り出し、ネットを開く。疑うつもりはないけれど、確認しておきたかった。会社名を入れて検索すると一番上に会社の公式ホームページが表示され、代表者の写真が出た。きりっとした視線でこちらを見る男性は、紛れもなく先ほどまで話をしていた黒崎さんだ。有名大学卒業からの輝かしい経歴も記載されている。

茫然としながらタクシーに揺られていると、スマホがメッセージの到着を知らせる。

画面を開くと黒崎さんからだった。

【黒崎です。さっきは驚かせてごめん。次はゆっくり食事をしませんか。好きなジャンルがあったら教えてください】

優しい言葉に黒崎さんの笑顔を思い出す。

本当に信用していいのか、まだわからない。あんなにかっこ良くて社長なんて、余計に怪しく思う気持ちもある。うまい話には裏があるというし。でも、目の前で話していたあの人は真剣な顔をしていて、嘘を吐いたり騙したりするようには見えなかった。

せっかくなら彼のことをもっと知りたい。もう一度会おうという気持ちは揺らがなかった。

文章を考えるのに時間がかかったが、お礼のメッセージを送った。

第二章　子づくり契約

黒崎さんと出会ってから一週間が過ぎた。彼に会うのは今日が二度目だ。突然の出会いだったので前回は緊張も何もないままだったが、今日はそわそわして落ち着かない。

黒崎さんはマメなほうらしく、連絡先を交換してから毎日連絡を取り合っていた。些細（ささい）な雑談をするくらいでも話しやすい彼との会話が楽しくて、自然と彼に心を開くようになっていた。でも緊張するかしないかは、別問題だ。

すべて、先日別れ際に渡された名刺のせいだ。

身元が知れて安心するはずが、彼が実はすごい人なのだと知り緊張している。今日は彼が予約してくれたレストランで会う。事前に送ってくれたお店のＵＲＬを確認したら、そこは私が足を踏み入れたこともない高級フレンチだった。そのことに戸惑いつつも、断ったりお店の変更などを申し出たりする勇気は出なかった。

金曜日の仕事終わりに緊張しながら約束の駅前に向かうと、雑踏の中でもすぐに黒崎さんを見つけられた。長身の彼は立っているだけで絵になり、通り過ぎる女性たちの視線を集めていた。そんな人と自分が待ち合わせをしているなんて、信じられない。

「黒崎さん、お待たせしました」

「いえ全然。来てくれてありがとう」

緊張して硬くなっていた身体が、彼の笑顔を見てわずかにほどける。

今日はネイビーのスーツでグレーの時とはまた印象が異なり、以前にも増して大人な雰囲気だ。会社帰りだからか髪のセットも前とは少し違ってビシッと決まっている。

「店、ここから遠くないから」

黒崎さんの横に並んで歩く。

高級レストランに行くと事前にわかっていたおかげで、私は精いっぱいのオシャレをしてきた。上品なベージュのワンピースは細身で身体のラインがはっきりわかるから、着るのを迷いはした。けれど黒崎さんとの食事を想像した時、私が持っている服の中ではこれが一番その場に相応わしいと思ったのだ。繊細なネックレスもつけて、相談所の相手と会う時よりも気合いを入れた。

「小倉さん、前に会った時とイメージ違うね。服もそうだけど、メイクとかも変えた？」

「えっ、あ、はい」

「そっか。可愛い」

黒崎さんがにこりと微笑む。

彼の言うとおり、メイクは派手すぎないように上品さを心がけた。けれど前に会った人のように地味だと思われたら嫌なので、リップはいつものベージュではなく落ち着いた色のピンクを選んだ。それがわかっているのかどうかは別にしても、些細な変化に気づいてもらえると胸の中がくすぐったくなる。元彼と付き合っていた時は気遣いやときめきのようなものは、序盤ですでになくなっていたので新鮮だ。

黒崎さんが予約してくれたレストランは高層ビル内にあり、エレベーターの扉が三十五階で開いた瞬間から世界が変わった。見るからに敷居が高く、ネットで見た以上の高級感が漂っている。

「黒崎様、お待ちしておりました」

店内は白や金色で統一され、高級感溢(あふ)れる品のいい空間になっている。それでいてカジュアルさもありほど良くざわついているのは、調理風景が見えるオープンキッチンが設置されているからだろうか。高級レストランでは、静かに食事をしなければいけないという先入観があったので少しほっとした。

「段差、気をつけて」

黒崎さんが私の背中をさりげなく支えてくれる。オープンキッチンに夢中になっていた私はハッとした。低い段差とはいえ、彼に声をかけられなければ転んでいた。

「ありがとうございます」

「どういたしまして」

添えられた手はそのままに、奥へとエスコートされる。彼の温もりに先ほどとは違った緊張が走った。

先んじて歩いていたウェイターが、個室の扉を開ける。

「こちらのお席をご用意させていただきました」

「わ……」

個室に入り、思わず声が漏れる。

青と白を基調とした個室は別世界のようだった。窓がある壁は真っ白で、窓枠が金色だからか夜景が絵画のように見える。

流されるままに上着をウェイターに預け、席に着いた。

「こういったレストランは初めてです。しかも個室だなんて……なんだか夢みたいな空間です」

個室のおかげで、人目を気にしないで済むのもいい。

「特に洋食が好きだと言ってたから、ほかの店もいろいろ調べて悩んだんだけど。喜んでくれたなら良かったよ」

彼が安堵の表情を見せ、私は反省した。どんな食事が好きかと問われた際、私は特に洋食が好きだと答えた。そしてこのお店でいいかと連絡をもらったのだけれど……。

その時の私は不安ばかりが先行して、素敵なお店をありがとうございますといった、無難な返答しかしなかったのだ。黒崎さんは悩んで決めてくれたのに、申し訳ないことをしてしまった。

少しするとウェイターが来て、真っ白いテーブルに準備をはじめていく。次々と置かれるシルバーのカトラリーを見ていたら、また緊張がぶり返してくる。

「小倉さん、ワインは大丈夫?」

「はい。少しなら」

「わかった。じゃあ飲みやすいものにしよう」

黒崎さんはワインリストを見てウェイターに注文をする。その際、発音のいいフランス語が聞こえてきて耳を疑った。こんなにかっこ良くて社長で、フランス語も話せるなんて、いったいどれだけスペックが高いのか。知れば知るほど怖くなってくる。

「悩まないようにコース料理にしたんだ。嫌いなものは、残してくれていいから」

「ありがとうございます。楽しみです」

慣れていない男性との二人きりの食事は、何を注文するのか気を遣う。けれどコース料理ならば、緊張はするものの安心感があった。

さっそくワインを持ったウェイターが戻ってきた。それをグラスに静かに注ぐと、頭を下げてすぐに二人きりの空間になる。

「じゃあ、仕事お疲れさま。乾杯」

グラスを持ち上げて視線を合わせる。目を細めた彼の優しい表情にドキッとした。彼の真似をしてワインを口に含むと、華やかな香りが鼻に抜けた。フルーティーですごく飲みやすい。黒崎さんにそう言おうとして、自分を制した。ワイン好きの人に対して「飲みやすい」は禁句だと、どこかの雑誌で見た気がする。だとしたらなんて言えばいいのだろう。ほかの言葉を探していると、彼のほうが先に口を開いた。

「うん。飲みやすくていいね。大丈夫？」

黒崎さんの笑顔にほっとして、私も頷く。

「……はい。飲みやすくておいしいです」

「良かった」

少ししたら前菜が運ばれてきた。さりげない静かな給仕は会話の邪魔をしないようにと控えめだ。

「この前の自己紹介じゃ足りなかったと思って、ゆっくり食事をしたいなと思ったんだ。来てくれてありがとう」

「こちらこそありがとうございます。……そうだ、名刺を持ってきました」

彼の名刺を見た後では、私の名刺は平凡すぎて少し恥ずかしい。私は電子部品メーカーで事務をやっているのだけれど、正社員ではあるもののそこまで忙しくもなく、彼ほどの重責もない。黒崎さんの立場からしたら一般的な仕事だろう。

「メーカーなんだね」

名刺に目を落としていた黒崎さんが顔を上げる。

「はい。あの……黒崎さんは社長さんだったんですね。びっくりしました」

「就任したばかりだけどね。事務は、具体的にはどういう仕事を？」

「普通ですよ。契約書を作ったり、書類整理したり、雑用です」

地味な仕事だけれどコツコツやりたい私には合っているし、やり甲斐(がい)もある。

「大事なことだよ。小倉さんのことだから、真面目に取り組んでるんだろうなって想像できる」

直接会うのは今日で二回目。毎日連絡を取り合っていたとはいえ、たった一週間だ。褒められてもまだなんとなく違和感が残る。私は素直に受け取ることができず彼の表情を窺い見る。

「もしかして疑ってる？　一応社長だし、人を見る目には自信があるよ。だから小倉さんに、こんな契約を持ちかけたんだし」

優しく微笑まれて安心するのに、心に引っかかった疑問は拭えない。楽しい話をしていても、おいしい料理が運ばれてきても、契約のことがずっと頭の中をぐるぐるしていた。彼はどう考えても女性慣れをしている。強引すぎないエスコートや気遣いがそう感じさせる。彼に結婚相手がいないことが、いまだに心に引っかかっている。

「どうして、私なんですか？」

思いきって、その言葉を口に出してみる。前にも聞いた、一番疑問に思っていることだ。私は特別美人というわけではないし、相談所の相手に情けない振られ方をしている女を、彼のような人が見初めるとはどうしても思えない。それに何回ものお見合いを失敗している私は今現在、すっかり自信をなくしている。

「……前にも話したと思うけど。最初はわざわざ追いかけてきて真面目な子だな、と思った。それから自分があんな目に遭ったのに、相手の悪口も愚痴も言わないところ。

俺の急な提案にも真剣に向き合って考えてくれたところ、全部が好印象だった。ただちょっと謙虚すぎる部分はあるけどね」

彼は私に優しい視線を向けたまま微笑む。

自分で聞いておいてなんだけれど、まっすぐ見つめて褒められるのは恥ずかしい。

大人になってから人に褒められることなんて滅多にないから、なおさらだ。

「あとは、直感かな」

力強い視線できっぱり言われ、彼の正直な気持ちがストンと心に落ちてきた。

「……ありがとうございます。なんか励まされました」

自信がなくなっていた私をこの人は認めてくれたのだと思うと、報われた気になる。

「そう？　それで前向きに考えてくれたらいいんだけどね」

黒崎さんの形のいい唇が横に引かれ、胸が鳴る。まだ迷っている中、どう返事をしたらいいのか悩んでいると、魚のメイン料理が運ばれてくる。

真鯛のポワレと呼ぶそれは大きなお皿に魚とソース、野菜が控えめに添えられたシンプルなものだった。なのに、その色合いの美しさに息が漏れた。

「こんなおいしいお魚、食べたことないです」

「俺も、この店にして良かったと思ってたところだよ」

「こういうお店はよく来られるんですか？」

黒崎さんは首を横に振る。

「全然。正直なところ緊張してた」

「そんなふうには見えなかったです」

彼はずっと余裕そうで、私ばかりが緊張していると思っていた。同じ気持ちだと知ったら心が軽くなる。

「情けないかな」

「逆に親近感が湧きました。社長さんだし、こういったお店にしか行かないのかなと思ってたから」

「俺は普通の男だって。たまには自炊もするよ」

「お手伝いさんのような人が、いるんじゃないんですね」

「いるわけないって」

黒崎さんがキッチンに立っている姿は想像し難い。想像できたとしても、オシャレなアイランドキッチンでフレンチやイタリアンを作っているイメージだ。それをそのまま伝えると「俺のこと、どれだけ格好つけてる男だと思ってるんだよ」と黒崎さんが声を上げて笑った。

魚のメインディッシュを堪能した後はフルコースの主役、お肉のメインだ。ワインの色が赤に変わり、目の前に大きな白いお皿が置かれる。

「わ、すごい……」

分厚いフィレ肉の上にはトリュフ、そして下にはフォアグラだ。テレビでしか見たことがないような豪華な一皿に息を呑む。

「こんな豪華なお肉、食べたことないです……」

恐る恐るお肉にナイフを入れると驚くほど柔らかかった。一口サイズのフォアグラとお肉にトリュフをのせて、ゆっくり口に運んだ。柔らかいお肉は口の中ですぐにほどけ、芳醇な香りが鼻腔に抜ける。

溶けるように口の中からなくなったのに、味わいは舌の上に残っている。そしてフルーティーさを感じる甘いソースは、後味をさっぱりとさせた。コクのある赤ワインとも合っている。

「……おいしい……」

一口食べただけで、こんなに満たされることがあるのかと思うほどだった。

「そんな顔してくれるなら、ここにして良かったよ」

「なんか食べるのがもったいないです」

「じゃあ、俺の分も食べる？」

「いえ！　そんなつもりでは！」

人のものを奪うほどがめついとは思われたくない。慌てて両手を振って否定すると、黒崎さんはおかしそうに笑った。どうやら冗談だったらしい。

「そういうところが、いいなあ」

黒崎さんがしみじみと言った。

彼に会ってから情けない姿をたくさん見られているというのに、一度も呆れられていないのが救われる気持ちになる。

計算され尽くした上品な量だからか、メインディッシュを終えるとお腹はほど良く満たされていた。

「今までに食べたことのないお料理ばかりで、おいしくて夢みたいでした」

緊張していたはずなのに時間はあっという間に過ぎ、次々出てくる見た目も美しい料理に夢中になった。黒崎さんとの会話も楽しくて、終わりが近いのが寂しいくらいだ。最後に苺のミルフィーユとコーヒーや紅茶が運ばれてくる。ミルフィーユの愛らしい見た目に自然と笑みがこぼれる。

「甘いもの好き？」

「もちろんです」

若い時よりもなぜか最近のほうが甘いものをよく食べるようになった。頻繁にというわけではないけれど、たまに自分でもスイーツを作る。

「俺もけっこう好き」

「意外ですね」

凛々しい黒崎さんとミルフィーユの組み合わせがちぐはぐで、つい笑ってしまう。

「俺もしかして、さっきから好感度下げてるかな」

黒崎さんがおどけたように微笑む。普段は大人な彼の少年っぽい表情にドキッとした。彼のことを知るにつれて、好感度は上がるばかりだ。

「いえ。上がってます」

私は微笑み、ミルフィーユにフォークを刺す。食べづらいスイーツの代表格といえるようなものだけど、パイがしっとりしていて造りがいいからか、フォークでも小さいサイズに分けやすくなっていた。無事一口分を口に運ぶ。甘さの中にも苺の酸っぱさがいいバランスで口の中に広がる。見た目に反して甘さ控えめで、今までに味わったことがない。

「大人なミルフィーユですね……おいしい」

素直な感想を告げると彼は目を細める。私の反応を確認してから、彼もミルフィーユを口に運んだ。

「うん。大人のミルフィーユだ」

「……からかってます?」

「そんなことないって」

そう言いながらも彼は笑っている。なのに嫌な感じがしないのは不思議だ。黒崎さんを包む温かい雰囲気が、お兄さん的存在のように感じられるからかもしれない。

ミルフィーユは最後の一口まで崩れることがなかったので、そのおいしさに集中できた。

「……契約条件を考えてきたんだ。いいかな?」

デザートを食べ終え紅茶を味わっていると、黒崎さんが切り出した。

本題に息を呑み、姿勢を正しティーカップを持っていた手は膝の上に置いた。

「まず、契約書を作ったうえで婚姻関係を結び、普通の夫婦として一緒に住み生活をする。ただし、子どもをつくることが前提」

私は彼同様、真剣な顔で頷いた。

「仕事を続けるかどうかは、君の気持ちを優先させるよ。家事は俺もするし、分担する。あと大事なことは……小倉さんが嫌がることは絶対にしない」

黒崎さんが強い眼差しで私を見つめる。笑顔とのギャップに胸が鳴る。

「最後に、一年以内に子どもができなかったら双方了承のうえ、離婚する」

期限つきということはプレッシャーになるかもしれないけれど、なるべく早く子どもが欲しい私にとってもメリットのある提案だ。

「今言ったことはすべて契約書に起こして、小倉さんにも確認してもらうよ。ちゃんとしたものはあらためて作るとして、これが草案」

そう言って彼は数枚の紙が入ったクリアファイルを私に差し出す。そこまで用意してくれていたのかと驚きつつ手に取り、中を確認した。草案と言っていたように箇条書きでシンプルな書式になっている。さすが社長というべきか、簡潔に要点が明記されており、わかりやすい。

「小倉さんの中で、何か気になることはあるかな。なんでもいいから話してほしい。お互い納得したうえでなければ成り立たないから」

私もこの日までに、いろいろと考えてきていた。今日、返事をしなければいけないと思っていたので、真剣に。提案された契約を聞いて、さらに契約書を見て、条件としては安心できるものだった。名刺で素性もわかっているし、人柄も私にはもったいないほどの人だ。だからこその不安があった。

「一番の不安は、黒崎さんのような人のパートナーが私に務まるかということです。社長さんですし、こんなにかっこいいしモテそうだし……」

正直に白状した。彼の隣に私がいていいのか、結婚には向いていないと思っていた私に、黒崎さんのパートナーがうまく務まるのか、それが心配だ。一緒に生活をするなら子どもをつくるだけ、というわけにはいかない。他人同士が一緒に住むのだからお互いの生活リズムや嗜好のすり合わせが必要になる。何より、社長夫人として対外的にはどう振る舞えばいいのか。黒崎さんと一緒に出席しなければならない催し事などもあるだろう。

「さっきも言ったけど、俺は普通の男だよ。小倉さんが不安にならないように君のことを一番に考えて、大事にする。それでも心配なら、その都度話してほしい」

「……ありがとうございます」

黒崎さんの言葉はすべて温かく、私を包み込んでくれる。

なのにあと一歩、足を踏みだすことができない。自分でもわかっている。私に必要なのは覚悟だ。恋愛感情のない相手と結婚をして、子どもを産む。その覚悟。

「あと三日だけ、考える時間を貰えませんか」

彼に対する印象は最初からずっといい。もうほとんど気持ちは定まっている。でもあと少しだけ、決意を固める時間が欲しかった。

「もちろん。契約書を読んで、じっくり考えて」

黒崎さんは私の我儘を受け止めてくれた。契約書を読んで、三日間じっくり真剣に考えよう。

「そろそろ帰ろうか」

「はい。すごくおいしかったし、楽しかったです」

「俺も。小倉さんといろんな話ができて楽しかったよ」

席を立ちエスコートされながら店を出る。会計の際に財布を出すのは野暮かと思い、店を出てから控えめに財布を取り出した。

「あの、おいくらでしょうか」

「いらないよ。俺が店を選んだんだし」

なんとなく彼がそう言うのはわかっていたので、素直に財布を仕舞った。

「……ありがとうございます。ご馳走さまです」

「いえ。もう暗いから送るよ。タクシー呼ぼうか」

「そんな、ここで大丈夫です！」

「そんなわけにはいかないよ。家まで送る」

お店から駅までは歩いて十分、さらに自宅の最寄り駅までは三駅。タクシーを呼ぶ距離ではないし、夜が遅いとはいえ土地勘もあるので、送ってもらわなければならないほど危ないことはないだろう。

「家も、最寄りの駅からは近いので……それなら、この先の駅までお願いします」

「うん、わかった」

彼は不服そうに、でも最終的には頷いてくれた。


駅まで十分の道のりは街灯があり明るく、金曜日のせいか人も多い。喧騒の中には酔っ払いもちらほら見かけ、地面に座り込んでいる人もいる。正面から、一人でふらついて歩いている男性がいた。避けようとしたが、なぜか私たちを睨むように見て、あえて寄ってくる気配がした。なんとなく嫌な感じがしてさらに避けようとすると、黒崎さんがさっと私の手を掴み、酔っ払いから守るようにして引き寄せた。見上げると彼は酔っ払いに視線を向けていた。睨んでいるわけではないのにどこか迫力のある視線に、酔っ払いはすごすごと私たちから離れていった。

「大丈夫？」

「あ……ありがとうございます」

黒崎さんに手を握られる。初めてだからか、鼓動が速まる。力強い男性の手だ。わかっていたはずなのに、意識したことがなかった自分に気づいた。

それから駅まで、ずっと手を繋いだままだった。逞しいその手に動揺を隠せない。恋人でもない、恋愛関係にあるわけでもない人と手を繋いでいることに違和感があるのに、離してほしくないと思っていた。

「今日は、本当にありがとうございました」

「こちらこそ。じゃあまた、三日後に」

「はい」

控えめに手を振り、彼に背を向けた。改札に入り振り返ると黒崎さんと目が合い、もう一度手を振る。

夢のような時間だった。黒崎さんみたいな人とあんなに豪華な食事ができるなんて、今までの私だったら考えられないことだ。カバンの中の契約書をちらりと覗く。

「あ」

ホームに向かっている途中で立ち止まった。

先日、私は黒崎さんのスーツを汚したうえに、ケーキセットをご馳走になってしまった。だからそのお礼として、コーヒー豆を買っていたのだった。それを渡すのをすっかり忘れていた。

購入の際、店員にプレゼント用だと伝えるとコーヒー豆は鮮度が命だと説明された。それに今回もご馳走になってしまったのだから、絶対に今日渡したい。

黒崎さんがまだ駅前にいるかわからないけれど、迷うことなく引き返す。改札を出て探すと、すぐに彼の姿が見えた。その後ろ姿に走り寄り、声をかけようとした時、黒崎さんがスマホを耳に当てた。

「……父さん？　どうしたんだよ、こんな時間に」

彼が少し低めの声で会話をはじめる。立ち止まったままの電話みたいなので、少し離れたところで待つことにした。

「え、また見合い？　もういいって。ちゃんと考えてるから」

お見合い、という言葉にドキッとする。現在進行形で結婚相手探しに苦労しているのが、想像できる電話内容だ。

「だから、しつこいって。心配しなくていいから」

親にしつこく言われる気持ちはよくわかる。私も同じだ。だからこそ結婚を焦り、空回りしていた。

「自分の結婚相手は自分で探す。……ああ、わかってるって。じゃあな」

強くそう言ってスマホを離し、ため息を一つ。

彼の意志の強い言葉に胸を打たれた。黒崎さんのことだから、きっとレベルの高い女性とのお見合いだってできるはずだ。それでも私を選んでくれた。こんな幸せな申し出は、きっとこの先ありはしないだろう。

「……黒崎さん」

電話が終わって少ししてから、控えめに声をかけた。振り返った黒崎さんが目をまるくする。

「あれ、小倉さんどうかした？」

渡し忘れたものがあって。そう言うつもりだったのに、口を開いたら違う言葉が出てきた。

「私、契約受けようと思います」

あんなに迷って悩んでいたのに、すんなり言葉が出てきた。あと三日も悩む時間は必要ないと心が決まった。

「……本当に？」

黒崎さんは驚いた表情を見せる。三日待ってと言っていたので、まさか私が今、返事をするとは思っていなかったのか。もしくは、私が契約を受けるとは思っていなかったのか。

「はい。黒崎さんのお人柄を信頼しようと決めました」

幾度となく彼が向けてくれた真剣な眼差しを真似するように、黒崎さんを見つめた。

悩んだうえで決意をもって、彼と共に一歩を踏みだすのだ。

目をまるくしていた黒崎さんの表情がゆっくりと変わっていく。

「……小倉さんありがとう。うれしいよ」

彼は今までに見たことのないほど安堵した表情を見せ、優しく笑った。

「これからよろしくね」

「はい。よろしくお願いします」

私は深く腰を折る。顔を上げると黒崎さんの笑顔。

それを見て、これで良かったのだと納得する。決めてしまったら胸のつかえがなくなった。あれほど悩んでいたのが不思議なくらいに自分の行動に自信をもっているし、黒崎さんを信頼している。

「あ、そうだ、これを渡したくて戻ってきたんです」

カバンからコーヒー豆を取り出す。プレゼント用のラッピングは、ブルーの袋に金色のリボン。シックな高級感があって、私の中にある彼のイメージに近い。

「先日のお詫びとお礼の、コーヒー豆です」

彼は驚いたように目を見開き、すぐに優しい微笑みを浮かべた。

「ありがとう。大切に飲むよ」

黒崎さんのような人の口に合うかはわからない。でも彼ならきっとおいしいと言って飲んでくれるだろう。お土産を渡しにきただけだったはずなのに、まさか契約の返事をすることになるとは自分でも驚いたが、ちゃんと渡せて良かった。

「今日はもう遅いから、後日契約を結ぼう。その時までに、正式な契約書を作っておくよ」

「はい。よろしくお願いします。……じゃあ、今度こそ帰りますね」

「うん、また今度。気をつけてね」

手を振り、もう一度私は電車に乗るために改札に入った。さすがに黒崎さんは帰っているだろうと思いつつも振り返ると、すぐに彼と目が合った。笑顔で手を振る黒崎さんに、私も手を振り返した。前を向いて、今度こそホームにまっすぐ向かう。

大きな決断をしてしまったけれど、不思議と心が躍っていた。

今日はよく眠れそうだ。

第三章　大きな壁

「……ありがとう。これで契約成立だ」

「あらためて、よろしくお願いします」

「こちらこそ、よろしくお願いします」

二人で頭を下げ、目を合わせて微笑んだ。

結局、あれから三日後の日曜日、さっそく黒崎さんと会うことになった。

場所はカジュアルレストランの個室だ。今日はランチなのでコース料理ではなくアラカルトを注文しつつ、ゆっくりと契約の話をした。契約内容は先日話したことと変わらず、契約書の形式が変わっただけだった。私はじっくりと読み、署名をした。これで、新たな人生のはじまりだ。どこか高揚した気持ちでカフェオレを口にする。

「さっそくご両親に挨拶したいんだけど、いいかな」

「もちろんです。連絡しておきました。来週の土曜日でいいですか？」

「仕事が速いな、助かるよ。俺の両親は日曜日で」

決まってしまえば何事も早いほうがいい。私の母も結婚結婚とうるさかったので、ちょうどいい。あの小言がなくなるだけで心が軽くなる。とはいえ、黒崎さんのご両親に会うとなると緊張もあった。

付き合っている男性の両親に会うのも初めてのことだ。どんな服を着て、どんなお土産を持っていけばいいのか、考えることは多そうだ。下手したら、黒崎さんに会うよりも気合いを入れなければいけない。

「結婚相手のご両親に会うというのは、緊張するね」

「……私もです」

黒崎さんも同じ気持ちなのだと知って、少しほっとする。

「これから二人で頑張っていこう」

黒崎さんとなら、うまくできる気がする。夢を叶えるために手を組んだからには、目的を達成したい。

彼のためにも、自分のためにも。

一週間、準備に費やした。結婚相手の両親に挨拶する時はどうするべきか、インターネットでひたすら調べ、作法の本も買った。迷ったことがあれば即、黒崎さんに相談。すると忙しいはずなのにすぐ連絡をくれて、あれこれ悩みつつも二人で話し合って、方向性を決める。一緒に悩めるのがうれしかった。

「俺たちの出会いは婚活パーティーで、すぐに意気投合し付き合って二年。二年目の記念日に俺からプロポーズをした」

二人で決めた設定を、最後に確認する。

「わかりました、黒崎さん」

「こら」

黒崎さんに指摘され、何がだめだったのかすぐに思い至った。

「あ……。翔梧さん」

「うん。茜」

恥ずかしい。名前で呼ぶのも呼ばれるのも、いまだに慣れない。

黒崎さんのことは、翔梧さんと呼ぶことになった。彼は私のことを呼び捨てだ。一気に距離が近くなったようで照れくさくなる。

「付き合って二年なんだから、慣れてなきゃだめだよ」

「そうですよね、翔梧さん、翔梧さん……」

何度も呟き、慣れようとするもまだ違和感や照れがある。その様子を見て翔梧さんが笑った。

「緊張してたけど、小倉さ……茜を見てたら大丈夫な気がしてきたよ」

「翔梧さんも慣れてないじゃないですか」

二人で笑い合ってから、覚悟を決めたように頷いた。

「よし、行こうか」

「はい」

翔梧さんを実家の最寄り駅まで迎えにいっていたので、駅から徒歩十五分の道を一緒に歩いた。地元を翔梧さんと一緒に歩いているのは不思議な感覚だ。

「実家に行くのはいつ振り？」

「もう二年くらい帰ってないです。実家に帰るとやれ結婚しろだの子どもをつくれだの、ものすごいので」

「ああ、わかるよ。うちも同じようなものだ」

「お互い大変ですね」

話しながら歩いているとすぐに実家が見えた。

「ここです。いいですか？」

翔梧さんは力強く頷いた。緊張しているようには見えない、頼もしい表情だ。両親にも心の準備はいるだろうから、一応インターホンを押して到着を知らせる。

「ただいまー」

「茜！　待ってたわよ！」

奥から小走りで玄関に顔を出した母は、満面の笑みで私たちを出迎えた。会うのは久しぶりなので私の顔を見て懐かしがるかと思いきや、すぐに隣の存在に視線を向ける。心なしか目がキラキラしている。

「……初めまして、黒崎と申します」

「……あら」

翔梧さんが微笑むと、母の頬が赤く染まった。誰だって彼を前にしたらそんな顔になるのは理解できるけれど、母のそんな顔は見たくなかった。

母は明らかに浮かれだした。

「茜、すっごく素敵な人じゃないの！　どうぞどうぞ奥へ」

二年ぶりに入るリビングはまったく変わっていなくて、母の趣味である花や観葉植物がたくさん置いてあった。中央にあるソファには、やたら姿勢良く座る父の姿があった。しっかり者の母に対して、父はぼんやりとマイペースだ。そんな人が明らかに緊張した姿を見るのは初めてのことで、なんだか胸が締めつけられた。

「どうぞどうぞ、こちらに座って。ほらお父さん、ソファから下りて。失礼でしょ」

「あ、ああ」

「ごめんなさいね、狭い家で」

「いえ。温かいお家だと思います」

家にこんなのあった？と思うようなモダンなデザインのクッションをお尻に敷き、ローテーブルに向かい合うように座る。高さがちぐはぐなので私の家らしくも、恥ずかしくなった。テーブルの上には紅茶が三つ。父には湯呑みで緑茶が出てきた。準備が整ったところで、翔梧さんが息を吸った。

「初めまして、黒崎翔梧と申します」

「初めまして、茜がいつもお世話になっているみたいだね」

「まさか、こんなかっこいい恋人がいたなんてびっくりよねぇ、お父さん。それで、茜と結婚してくれるんですか？」

　食い気味に聞いてくる母に翔梧さんは微笑んだ。

「はい。何事にも真面目で素直な茜さんに惹かれました。結婚するならこの人しかいないと思い、今日はそのご挨拶に伺いました。お忙しいところお時間を頂戴し、ありがとうございます」

　さすがは翔梧さんと言うべきか、緊張していると言っていたのにそんな素振りはまったく見せない。自分の家なのに、私のほうが緊張しているんじゃないかな。

「茜を貰ってくれるなら私たちも安心だわ。ね、お父さん」

「そうだね。君、仕事は何を？」

「商社で取締役社長を」

「あらあらっ！」

母の声がさらにワントーン上がる。わかりやすい態度に心の中で頭を抱えた。

「一目見た時からどこか普通の人とは違うものを感じてたのよね～。社長さんだなんて茜、すごいじゃない」

「そ、そういうの関係なく翔梧さんの人柄に惹かれたから！」

なんとなく悔しくなって勢いのあまり言い返す。でもそれは嘘ではない。彼が社長だということとは関係なく、契約については前向きに考えた。結婚には経済力ももちろん必要だろうけれど、私にとって何よりも重要なのは相手の人柄だ。

「ありがとう、茜」

翔梧さんの優しい声に彼を見ると、柔らかく微笑む瞳と目が合った。ドキッとしてすぐに目をそらすが、両親も翔梧さんの笑顔に見とれているみたいだった。

「んまっ、まったく見せつけられちゃうわあ」

「……黒崎くん、娘をよろしくお願いします」

父が翔梧さんに向かって頭を下げる。

え、もういいの？　たいした会話もしていないし、仕事だって証拠を見せたわけじゃないのに。

「ありがとうございます。こちらこそ、よろしくお願いいたします」

翔梧さんが頭を下げたので、私も慌てて頭を下げる。あまりにもスムーズに話が進むので拍子抜けはしたものの、なんだか感動する場面だった。

嘘の関係、ただの契約なのに。

こんなに喜んでくれている両親を前に罪悪感がないわけではない。でも、それ以上に両親を安心させられたことに満足していた。

それからも翔梧さんの豊富な話題のおかげで雑談は盛り上がり、嘘などと見破られることもなく、一時間ほどの時間を過ごした。

「じゃあね、また連絡するから」

「はいはい、ゆっくりでいいからね」

何事も急かしてくる今までの母の態度とはまるで違うことが腑に落ちないけれど、これで小言を言われなくて済むのだと思ったら親孝行している気分にもなった。

実家を出て、駅までの道を戻る。少し晴れやかな気分だった。翔梧さんも同じらしく、行きとは違ってリラックスした顔をしている。

「いいご両親だね」

「そうですか？　なんか母のテンションが高くて……すみません」

「なんで？　茜のことが大切なんだなあって伝わってきたよ」

人に言われると、そう見えるのかと恥ずかしいような変な気分だ。小言も愛情や心配の裏返しだと考えれば、何も言われないよりはマシなのだろうか。

「とりあえず、第一関門突破かな」

「ですね。ありがとうございました。両親もすごく喜んでいました」

私の場合は問題ないと、最初からわかっていた。さっさと結婚して子どもを産んでほしいと思っている両親にとって、私の結婚は相手が相当酷い人でなければ祝福されるだろう。それが、翔梧さんのような完璧な人を連れてきたのだ。反対なんてするはずがない。問題は、彼の家だ。

「明日、緊張します」

「大丈夫だよ。うちだって結婚を望んでたんだから、賛成してくれるはずだ」

本当に、そうだといいのだけれど……。

翌日、秋晴れの日曜日。今度は翔梧さんの実家の最寄り駅で待ち合わせをした。

昨日の緊張の比ではなく、よく眠れなかった。この日のために新調した上品なライトブルーのブラウスとネイビーのフレアスカートを着て、濃いグレーのジャケットを羽織る。メイクはあくまでも控えめに。お土産に買ったお茶菓子も持った。

「お待たせ……緊張してるね」

「わかりますか」

「うん。表情が硬い」

一目見てわかるほどなんて、どんな顔をしているのか。何度もメイクをチェックしたけれど、自分では気づかなかった。ただ、うまく笑えていない自覚はある。

「家までは十分くらいだから、ゆっくり歩こう」

「は、はい」

一歩一歩進むごとに緊張感が増していく。どこか変なところがないかとか、言葉遣いに気をつけないとか、お菓子を渡すタイミングとか、様々なことを頭の中でシミュレーションする。その間も翔梧さんとは言葉を交わしていたのに、内容はまったく頭に入ってこなかった。

「着いたよ」

もう着いてしまった。息を吸って吐いて翔梧さんの家を見上げた。

「え。……ここが、翔梧さんの家ですか……？」

「うん、そうだよ」

彼は当然のように答えるが、私は茫然と家を見上げたまま凍りつく。

私の一般的な家とは比べものにならないくらいの大豪邸だ。大きな門を通ると広い中庭がある。

「こんなすごいお宅なんて、聞いてないです……」

情けない声が出た。彼自身が社長だというのはわかっていたけれど、実家がこれほどの豪邸だとは予想外だった。もしかして実家からしてすごい家柄なのだろうか。

「見た目がすごいだけだよ。古いし」

庭には銅像が建っている。一般家庭の庭に、普通銅像なんて設置されていない。注意深く目を凝らすと、そこには黒崎家の歴史が書かれていた。【黒崎財閥】という文字を、二度見する。

「黒崎……あの、黒崎財閥……？」

「あれ、言ってなかったっけ？」

「き、聞いてませんっ！」

ここに来てさらに彼の素性が明らかになる。

正しくは黒崎旧財閥。

経済に明るくない私でもよく知っている、日本経済を牽引(けんいん)している十財閥のうちの一つだ。グループ企業は多岐に亘る。黒崎商事と聞いて、どうしてすぐに〝黒崎財閥〟の存在に思い至らなかったのだろうと、自分をひっぱたきたくなる。だとしても親戚とかそのような類(たぐい)かもしれない。ほんの少しの希望をもって翔梧さんを見上げた。

「ええと……翔梧さんは、黒崎財閥のどの位置で……」

「ん？　直系の息子かな」

「……御曹司、ですか……」

期待とは異なる返事に肩を落とす。むしろほかの女性や私の母であれば諸手(もろて)を挙げて喜んでいるところだろうけれど、今まさに結婚の挨拶をしようとしている私は例外だ。私は、そんなすごい人と結婚しようとしていたのか。

「茜、大丈夫か？　顔色が悪いよ」

緊張していたのに、さらに緊張感が増して逃げたくなる。でもここまで来て日を改めるなんて失礼なことはできない。

「だ、大丈夫です。あの、私のことを気に入ってもらえなかったらすみません」

「大丈夫だよ。もし気に入ってもらえなくても、俺が説得するから」

心強いはずの言葉に自分を鼓舞しようとするものの、それを上回る緊張に手が震えるので、もう片方の手で自分の手を包む。これまで生きてきた中で一番緊張している。

その時、翔梧さんの手がそっと私の手を取り、握った。

「俺に任せて」

きゅっと手に力が込められ、強い眼差しで私を見つめる。彼の瞳に吸い寄せられるまま、頷いた。予定時間は伝えているだろうから、あまり遅くなるのも印象が悪い。いい加減、覚悟を決めるしかない。

「ありがとうございます。行きましょう」

彼の手が離れてわずかな心細さがあったため、自分で自分の手を握り締めた。

翔梧さんが引き戸を開けると、広々とした玄関が目に入る。一番奥が見えないほど、広いお屋敷だ。外観どおりの純和風。木のいい香りがして、本来だったら落ち着く空間なのだろう。

「母さん、来たよ」

「翔梧、待ってましたよ」

奥から彼のお母さんが顔を出す。このお屋敷に似合う、上品な雰囲気がある女性だ。

目が合うと、私は何度も練習した品のいいお辞儀を思い出しながら頭を下げた。

「は、初めまして、小倉茜と申します」

「初めまして、翔梧の母です。どうぞ、中に入ってください。翔梧、客間にお父さんいるからね」

「ああ、わかった」

お母さんの雰囲気は優しくて、ほっとした。

「お邪魔します」

用意されたピンク色のスリッパに履き替え、翔梧さんの一歩後ろをついていく。昔ながらの和風の家といった感じで、歩くと木の軋む音がする。それがまた、味があっていい。

翔梧さんが、客間と呼ばれる和室のふすまを開いた。真っ先に目に入ってきたのは存在感のある老年の男性だ。

「翔梧、来たか」

一言、低く渋い声が響く。一気にピリッと緊張感が走った。大物なのだとすぐにわかる。座卓もない和室には座布団だけが敷かれていて、掛け軸や高そうな壺を背に、あぐらをかいて座っている。紛れもなく彼が翔梧さんの父親だろう。白髪交じりの渋い俳優のような顔立ちは翔梧さんとはまた違った系統で、くっきりとした輪郭をしていて彫りも深い。翔梧さんはお母さん似みたいだ。

部屋の端にはもう一人若い男性があぐらをかいて座っているが、そちらをじっと見ている余裕はない。少し遅れて、お母さんがお茶を持ってきてくれた。彼女はそのままお父さんの隣に正座をする。私の家とは違って厳かな雰囲気に圧倒される。

「父さん、久しぶり」

「ああ、しばらく顔を見せに来ていなかったからな」

「すみません」

「まあ、座れ」

翔梧さんと目を合わせ、お父さんの正面に座った。

「君が小倉さんか」

「はいっ初めまして、小倉茜と申します」

「私は翔梧の父の恭一郎といいます」

私の家とは、場の空気が全然違う。面接を受けているような感覚で、お父さんの視線が突き刺さる。歓迎されるとは思っていなかったけれど、ここまで厳しく見られるとも思わなかった。救いは、お母さんが穏やかそうな人だということだ。

「あの、こちらつまらないものですが……」

包装された箱を緊張気味に差し出す。羊羹、かしら」

「わざわざありがとうございます。羊羹、かしら」

「はい。お好きだと翔悟さんに伺っていましたので、地元で有名な羊羹です」

「ありがとうございます。戴きます」

さすがに好物くらいでは、お父さんは表情を緩めない。

「本題に入るけど、俺は彼女……茜さんと結婚しようと思う」

『茜さんと結婚しようと思う』その言葉は非常に感慨深い。結婚を諦めかけていた私にとっては、本当に感動的なセリフだ。

「その前に、どうして相手がいることを黙っていた？」

威圧的な言い方に息を呑む。つい最近考えた設定では二年前から付き合っていたことになっているので、ずっと結婚を勧めてきた父親からしたら寝耳に水だろう。

「父さんの顔を立てるために見合いを受けようと考えてたんだ。でも、ずっと付き合ってた彼女と結婚したいという気持ちを諦められなかった」

「そんなに魅力的な女性なのか。小倉さん、仕事は何を？」

「はい。電子機器メーカーで事務をしております」

「……ほう、大学は?」

大学まで聞かれるとは思っていなかった。ごく普通ランクの大学だ。正直に答えると、お父さんの片眉が上がり、胸の前で腕を組んだ。いい反応ではないことはすぐにわかった。

「ご両親の職業は?」

「そこまで聞くのは失礼だろう」

翔梧さんが強い口調で制止してくれる。私の父親は普通のサラリーマンだ。きっとそれもお父さんにとっては納得できないのだろうと、言わなくてもわかる。

しばらく沈黙が続き、お父さんが息を吐いた。

「翔梧、悪いが結婚を認めるわけにはいかないな」

その反応から察しはついていたが、はっきり宣言されると心に刺さる。

「理由は?」

「黒崎家として立派な子孫を残すためには、学歴、知識、気品、様々な要素が求められる。たしかに彼女の人柄はいいのかもしれないが、それだけでは黒崎家の妻は務まらない」

お父さんの言葉が、追い打ちをかけるようにぐさりと心に突き刺さる。

「そんな古い考え、押しつけないでくれよ」

翔梧さんがめずらしく苛立ちを隠さずにため息を吐いた。彼が静かに怒っているのが伝わってくる。

「……ごめん茜。少し部屋を出ていてほしい」

「え、でも……」

当事者である私がこの場を離れるわけにはいかない。覚悟したからにはいくら傷ついても逃げることはできない。

「ごめん。……結翔、彼女を俺の部屋に案内してくれないか」

「え？　なんで僕が」

「いいから頼む。案内するだけでいいから」

「……わかったよ」

奥に座っている結翔と呼ばれた男性が立ち上がり、私に目配せをした。私は翔梧さんを見てご両親に頭を下げてから、部屋を出る。今は彼の言うとおりにしておいたほうがいいのだろう。

客間を出ると階段を上り、二階に案内された。

「ここが兄の部屋です。ここで待っていればいいと思います」

「ありがとうございます。あなたは翔梧さんの……？」

「弟です」

事前に弟がいるとは聞いていたし、翔梧さんを少し幼くした感じだったので彼がそうだということはすぐにわかった。挨拶をできていなかったのでちょうどいい。

「初めまして、小倉茜です」

「……僕も、あなたは兄さんには相応しくないと思います」

「えっ……」

唐突な冷たい言葉に目をまるくする。

「兄さんには、もっと美人で知的な女性が似合うと思う」

「そう、ですか……」

敵意を含んだような視線を向けて正面から否定をされたら、ぐうの音も出ない。

「……じゃあ。ごゆっくり」

結翔さんは言うだけ言って、部屋を出ていった。

翔梧さんの弟にまで反対されるなんて、完全にアウェイ状態。逃げたくなるほど厳しい状況だ。

できるなら翔梧さんの隣にいたかったけれど、彼は今、どういう話をしているのだろう。

茜を逃がし、俺は父親を睨む。

「彼女の前で、失礼な発言はやめてくれ」

「お前の父として、本音を言ったまでだ」

「……父さんは子どもを早くつくれと言ったよな。それなら学歴云々よりも健康的な女性、人格者のほうがいいんじゃないかな」

「そのうえで、知的さや学歴は必要だ」

「そんなの俺は関係ないと思う。今までに出会った女性の中で、彼女ほどの人格者を俺は知らない。知的さだってある」

あんなに素敵な女性の良さがわからない父親に腹が立った。彼女は少々控えめな性格ではあるが、俺との契約を守ろうとして、決してこの場から逃げなかった。お互いの利害が一致しているとはいえ、そんなところが一緒にいてとても心強い。さっきは彼女をこれ以上傷つけたくなくて部屋から出したが、きっと不安で待っているに違いない。早いところ話をつけて迎えにいきたい衝動に駆られる。

「母さんはどう思ってる？」

「私は……まぁ……そうねえ、お父さんにお任せするわ」

母は父をチラチラと見る。

俺は母の発言に項垂れる。昔から母は、父の意見を尊重する。今回は同じ女性として、公平に彼女を見た意見を聞きたかったのだが……まあ父の手前、何も言えないのは仕方がないのかもしれない。

「何を言われても、俺は彼女と結婚するから」

埒が明かないと判断し、断言する。

「……とりあえずは保留だな」

父はどうあっても認める気はないらしい。こういう時は何を言ってもだめだ。

「今日はもう帰るから。でも、何があっても絶対に認めさせる」

とりあえず俺の意思は伝えたし、茜のことが心配だ。客間を出ると、結翔が立っていた。

「結翔、ありがとな」

「……僕も反対だけど」

「……結翔まで……。茜に何か言わなかっただろうな？」

結翔が黙り込んだので、嫌な予感がした。俺は急いで二階の自室へ向かった。

◇◇◇

「茜、ごめん待たせた」

「いえ。あのお話は……」

「……とりあえず今日は帰ろう」

翔梧さんの表情を見て、うまくいかなかったのだと悟る。

「わかりました」

「結翔に何か言われなかったか？」

「あ……反対している、ということくらいです」

自分が情けなくて、言われたことのすべてを翔梧さんに話せはしなかった。

「そうか……ごめん」

結局話は平行線のままだったらしく、翔梧さんの家を出た。緊張はなくなったけれど心が重い。駅までの道を歩きつつ、二人の足取りも重い。

「茜、本当に申し訳なかった」

「……いえ、お父様たちの気持ちもわかります」

想像以上の家柄に、私はそう認めざるを得ない。翔梧さんが社長だということもすごいと思っていたのに、さらには旧財閥の御曹司だったなんて。私のような平凡な女ではだめだと、誰が見てもわかることだ。

「わからなくていいよ。頑固だとは思ってたけど、結婚相手にまであれほど厳しいとは思い至らなかった俺が悪い」

「契約、どうしましょうか」

あれほど反対されるのなら、すぐには結婚なんて望めないだろう。時間の無駄になるし、彼にはほかの女性を探す選択肢だってある。

「俺は茜がいい」

間髪入れず、翔梧さんが答えてくれる。迷いのない言葉に安堵し、出会って間もないのにはっきりと私を肯定してくれる彼の気持ちがうれしくて、喜びが生まれる。なのに翔梧さんはすぐに自信なさげに眉を下げる。

「でも、もしうちの親のことがどうしても嫌だったら、この話はなかったことにしてくれてもしょうがないと思う」

「そんなことしません。私も翔梧さんがいいです」

私も彼の気持ちに応えるように、はっきりと自分の思いを口にする。

「契約を結びましたし、今さらですよ。なるべく早く認めてもらえるように頑張るので、協力してくれませんか?」

「……それは俺のセリフだよ、本当にありがとう」

「それに、翔梧さんに釣り合わないってはっきりと言われて悔しかったので、諦めたくありません」

「父と弟は見る目がないだけだから。説得できなくてごめん」

私は微笑み、首を振った。

「私も、何も言い返せなくてごめんなさい」

反論をしていいとは思えない状況だったけれど、もう少し自分をアピールすることは必要だったかもしれない。緊張に加えて畏縮(いしゅく)してしまって、何も言えなかった。

「茜が謝る必要はないよ。これからどうするか一緒に考えよう」

「認めてもらえるでしょうか」

「認めさせよう、絶対に」

認めてほしいという感情はありつつも、あれだけ否定をされた私で良かったのかという不安もあった。だけど、翔梧さんの言葉で一緒に進んでいこうという決意が固まった。翔梧さんの隣にいて恥ずかしくない自分になりたい。

「そのためには両親を説得できる材料が必要だな。二人の信頼感を築きながら、お互いのことをもっと教え合いたい。家族のことも含めて」

私は真剣な顔でうんうんと頷く。

「まずは、二人で過ごす時間を増やしたいと思ってるんだけど、どうかな？」

「同じ気持ちです」

「ありがとう」

「でもお仕事忙しくないんですか？」

「忙しいなんて理由にならないから、大丈夫」

話をしていたら心が楽になってくる。そんな話をしていたら、もう駅に到着してしまった。

「今日はこの後どうする？」

もう少し翔梧さんと一緒にいたい。でもそれ以上になんだか疲れてしまったし、少し休みたい。気を張っていたからか早く家に帰りたい思いが勝ってしまった。

「今日は、帰りますね」

「……そうか。気をつけて。また連絡する」

「はい。じゃあまた」

うまく笑えていたかはわからないけれど、笑顔で手を振った。翔梧さんも元気のない笑顔をしていた。

一人になって、今日のことをずっと考えていた。厳しい状況の中、翔梧さんは私が嫌なら契約をなかったことにしてもいいと言ってくれた。子どもが欲しいだけなら他の人でもいいのかもという考えが一瞬頭を過ぎったけれど……今、私は彼の人柄に惹かれ、人生を共にしてみたいと思っている。この人と子育てがしたい、と未来のことばかりを夢見ている。そのためには、ただ翔梧さんにご両親を説得してもらうだけではだめだ。自分が説得力のある女性にならなくちゃ。今日のことを反省しながら、自分にできることは何かと必死に考える。

家に帰ってスマホを見ると、翔梧さんからメッセージが届いていた。

【今日はゆっくり休んで。決意してくれてありがとう】

自分から今日は帰ると言ったくせに、温かいメッセージを貰ったことで、さっそく翔梧さんに会いたくなってしまった。

「茜、お待たせ」

「お疲れさまです、翔梧さん」

次の週にさっそく翔梧さんと食事にいくことになった。今日のデートは私がお店を選ばせてもらった。彼が連れていってくれるお店ほど高級ではない、カジュアルなスペインバル。カジュアルとはいっても大人なムードの落ち着いた空間で、店内はいい雰囲気だ。人気店らしく、金曜日は予約が取れなかったので木曜日に食事をすることになった。

「遅くなってごめん、帰り際に立て込んで」

「大丈夫ですよ。何飲みますか？」

ドリンクメニューを彼に手渡す。高級レストランの広々としたテーブルとは違って、正面に座っていてもお互いの距離が近い。話をしやすい距離で安心感がある。

「んーじゃあ生かな」

ビールを頼んで、すでに注文していた私のカクテルと一緒に乾杯をする。

「いい店だね」

「気になってたんです。翔梧さんを連れてくるなら、もっと高級なお店がいいのかもとも思ったんですけど、こういうのもありかなって」

「いや、俺もこういう店のほうが楽だな」

「そうなんですか？　でも今までは……」

気が引けるほど高級なお店ばかりだった。だからお店を選ばせてもらう時も、自分から手を挙げておいて不安ではあった。

「そりゃあ、男として格好つけたいから」

翔梧さんのような男性でも、そんなことを考えるなんて意外だ。ただ立っているだけでかっこいい人なのに。

「無理しなくても充分、かっこいいのに」

「え？」

「あ、いえ、なんでもないです！　それより何食べますか？」

無意識に口に出してしまった本音を慌てて誤魔化して、メニューを開く。

「んーピンチョスと生ハムが気になるかな。あとパエリアも」

「全部頼みましょう」

今日はお店を決めた私が支払うつもりだ。

「茜は？」

「私もパエリアが気になってたのでそれと、デザートにカタラーナを食べたいです」

「わかった」

店員を呼び、気になる料理をすべて注文した。

「仕事は忙しいですか？」

「普段どおりかな。役員やクライアント相手の社内外の会議に、決裁承認とか。そんなことばっかりだよ。茜は？」

「私はそれほど忙しくはないので、今日もいつもどおりに定時上がりでした」

「そっか。安定してるのはいいことだね」

話をしていたらピンチョスが運ばれてきた。バゲットの上で、色とりどりの野菜やチーズが一口サイズで串に刺さっている。すべてが違う組み合わせなので、どれを食べようかと選ぶ楽しさがあった。その後すぐに目の前に置かれたのはハモンセラーノ。チーズとオリーブオイルが少しかかった、シンプルなものだ。テーブルの上が次々と鮮やかになる。最後にこの店のメインメニューのパエリアが運ばれてきた。海鮮がたっぷりのっている、豪華なものだ。テーブルの真ん中にパエリア鍋が置かれる。

「鉄鍋が熱いのでお気をつけください」

店員がそう言って手を引いた時、翔梧さんのグラスに手がぶつかり倒れた。グラスが割れることはなかったけれど、中に残っていた少量のビールが木製のテーブルにこぼれ、広がる。

「大変申し訳ございません！　お洋服にはかかっておりませんでしょうか」

若い男性店員は瞬時に頭を下げ、慌てつつも持っていたクロスでさっとビールを拭きとった。

「全然、大丈夫ですよ。……そうだな、サングリアお願いできますか？」

「かしこまりました。すぐにお持ちします」

「慌てなくていいですから」

翔梧さんはあくまでも冷静だ。慌てる店員に、にこやかに対応している。

「申し訳ございませんでした、失礼いたします」

男性は何度もぺこぺこと頭を下げつつ、離れていった。テーブルには少し染みができてはいるけれど、たいして気にならないくらいの状態に戻っている。

「大丈夫でした？」

「うん、全然問題ないよ。でも茜に会った時のことを思い出した」

「私もです」

若い男性店員が慌てる気持ちはよくわかる。と同時に〝若い男性〟という繋がりで、あることを思い出した。

「そういえば弟さん、翔梧さんに似てますね」

「ああ……あの日は弟の態度が悪くて申し訳ない」

「いえ。翔梧さんのことが大好きなんだなあって思いました」

あの鋭い視線は、私をライバル視しているようにも見えた。

「そうかな。昔は可愛かったんだけどね、最近は俺に対して冷たいよ」

「きっと愛情の裏返しですよ」

「だといいけどなあ」

姉妹のいない私としては兄弟の関係性は憧れる。一度しか顔を合わせていないし、酷い態度を取られたので印象はいいとは言えないけれど、翔梧さんの弟さんをあまり悪くは思いたくない。それに、きっと兄を敬愛するがゆえの私への言動だったのだと想像はできる。

「そう考えたら、結翔も相当厄介かもしれないな」

翔梧さんがぽつりと呟く。私が向き合わなければいけない相手は、翔梧さんのお父さんだけではなく、弟さんも入れて二人ということか。彼らを納得させなければいけないわけだが、お父さんよりは結翔さんのほうがハードルは低いように感じる。

「結翔さんについて聞いていいですか？」

「もちろん」

情報収集のためというよりも、翔梧さんの兄弟という存在自体が気になるし、兄としての彼のことも知りたい。

「結翔さんは何歳で、お仕事は何を？」

「二十八歳で茜より下だね。仕事は俺とは違う、黒崎グループの不動産会社で働いてる。トップになりたいっていう野望みたいなものは俺より強いと思うよ」

「でも、翔梧さんを追い抜かしたいという感じはしなかったですね」

結翔さんからは兄を蹴落とそうとか、そういう雰囲気は感じられなかった。ライバルを見るような視線は、私にだけ向いていた。

「どうかな。出世欲はあるようだし、父にもよくそういう話をしてるみたいだけど。まあ実力主義の父だからコネなんか許さないし、そう簡単には上へはいけないだろうな。きっと努力してると思うよ」

「大変なんですね……」

仕事は好きだしそのための努力も厭わないが、出世欲のようなものがない私にはわからない世界だ。

「本当は黒崎商事に入りたかったみたいだけど、兄弟で同じ会社はどうかという話になって、別会社にいって不満そうではあったな。まあ、あいつは外に出かけるのが好きで建物の外観なんかもよく見ているから、今の会社は向いてると思うけどね」

〝黒崎〟と名のつく会社は私が知る限りでもたくさんあるので、選択肢は山ほどあるのだろう。兄と同じ会社が良かったと言う弟、と聞いたら、少し可愛い気もしてくる。

それほど兄を慕う結翔さん側からの話も、聞きたくなってきた。弟から、翔梧さんはどう見えているのか。純粋な興味がある。

「そういえば茜は一人っ子？」

「そうですね。だから兄弟がいるのが、ちょっと羨ましいです」

「結翔が仲良くしてくれると、いいんだけどな」

「はは……」

希望が薄そうな願いに乾いた笑いが出てしまった。あれほど敵意剥き出しの人と仲良くなるには、どうしたらいいんだろう。

今までにない話もしながら食事を進めていたら、あっという間に時間が過ぎていく。どの料理もおいしくて、お店選びは間違いなかった。何より、翔梧さんが喜んでくれたことがとてもうれしい。

「そろそろデザートいく？」

「はい！」

さっそく追加で注文する。私は最初からカタラーナを食べるつもりだったけれど、ほかにもジェラートやクレープなど、デザートメニューは豊富だ。それでも翔梧さんは私と同じくカタラーナを選んでいた。

今日、食事の中でも一番楽しみにしていたそれが運ばれてくる。シンプルな白いお皿にきれいな正方形がのっている。表面にはカラメルがいい焦げ目を作っていて、その上にはミントの葉が一枚。プリンやクリームブリュレと似ているけれど、素材や製法が少し違っている、スペインの伝統的なスイーツだ。お店にスペインバルを選んだ時から、楽しみにしていた。

さっそくカラメルを割って、フォークですくった。鼻先を掠（かす）める香ばしい匂いを感じながら口に運ぶ。

「……んー、おいしいです」

思わず頬に手を当てた。

表面のパリッとしたカラメルと、下のカスタードのとろっとした食感が楽しい。カラメルのほろ苦さとカスタードの甘さとほのかに香るオレンジが、ほど良く混ざり口の中に広がる。甘くて濃厚なのにくどくないのが不思議だ。プリンのようなのに、また違う味わいになっている。

「うん、うまいね」

翔梧さんも一口食べて頷いた。

「そういえば翔梧さんも甘いもの好きでしたよね」

「うん、覚えててくれたんだね」

「はい。意外だったので」

記憶に残っている。

「甘党だね。辛いものはちょっと苦手かな」

「同じです！」

仲間を見つけてつい力がこもってしまう。辛いものもピリ辛程度なら好きだけれど、辛いものを食べるなら甘いものを食べていたい。男性で好みが合う人は初めてだったので、つい興奮してしまった。翔梧さんが口角を上げる。

「スイーツで気になる店はたくさんあるんだけど、男一人だと入りづらいところばかりなんだよな。ほら、ここととか」

翔梧さんがスマホ画面を私のほうへ向ける。おいしそうなスイーツの写真が載っている有名店のホームページだ。

「ここ、私も行きたいと思ってました。今度一緒に行きませんか？」

「いいの？　うれしいな」

共通の好みだからこその会話に気分が高揚する。すっかり彼に心を許している自覚があった。

「それとは別に来週末あたり、うちの両親と一緒に食事にいかないか？」

ご両親の話題に途端に胸がざわつく。翔梧さんの家に行った時の、悪い雰囲気が頭の中によみがえってしまった。翔梧さんのお父さんの鋭い視線は、思い出すだけでも背筋が凍る。

「前よりもいいシチュエーションで説得しようと思う。前回はハナから反対されてしまったからろくな話もできず、茜の人柄も伝わっていなかった。次は俺たちのペースにしたい」

「そう、ですよね」

翔梧さんが前向きに考えてくれているおかげで、私も前を向くことができる。認めてもらえるかどうかはわからないけれど、諦めたくはない。

「次こそは、いい印象をもってもらえるように、頑張ります」

気合いを入れるも、どう頑張ればいいかはよくわかっていない。受験勉強のように、傾向と対策を考えなければいけない。

さっき結翔さんについては少し聞くことができた。でも一番重要なお父さんについてはまだわからないことだらけだ。

「お父様はどういう方なんですか？」

「そうだな、一言で言えば頑固。ただ、黒崎グループを継いでプレッシャーの中引っ張ってきただけあって、並々ならぬ努力をしているのは、俺も子どもの頃から見てきてる。それに決断力にも優れてるな。仕事っぷりは尊敬しているよ。だからこそ、父の望んだ人と結婚しようと思ってたんだけどね」

「だめだったんですか？」

「まあ……ね」

翔梧さんは口ごもる。相当揉めたのか言いづらいことがあるのか、気になる反応だ。

「もし良ければ教えてください。お父様の考えも知っておきたいんです」

「でもこれから結婚しようとしている茜に、失礼なことかもしれない」

「構いません！」

今さら何を言われても、ショックは受けるかもしれないけれど受け止める自信はある。私が翔梧さんを力強く見つめると、彼は逡巡しつつも頷いた。

「その、なんていうか……父の理想と俺の理想が違うというか。父が俺の結婚相手に望んでいるのは、いいところのお嬢様。例えば大企業の娘とかね。もしくは一般家庭だけどいい大学を出て一流企業で働き、経済をよく知る女性って感じかな」

私が傷つくかもしれないと気遣ってくれた翔梧さんの優しさに感謝しつつ、客観的に考え、目をそらさず向き合わなければいけない問題だと判断する。

「どっちの条件も、今からでは難しいですね」

生まれや学歴は今さらどうこうできるものではない。私はごく普通の家庭に生まれ、平凡に生きてきた女だ。今の私にできるのは、経済について学ぶことくらいだろう。

「この前話した感じだと、血筋か学歴どちらかがあればいいという考えみたいだな。それゆえに性格はまったく見ていない。だからこそ、俺には合わないような女性ばかりが紹介されたんだってわかったよ。だけど、俺の連れてきた女性にまで文句を言うとは思わなかった」

「紹介されたのは、例えばどういう女性ですか？」

翔梧さんが今までどんな女性と会ってきたかは気になる。そして翔梧さんのお父さんが、どんな女性を選んだのかも。

「大企業の社長令嬢や外資で働く管理職の女性とか、いろんな女性を紹介されたけど、なんというか、失礼な言い方になるけど、がめついというか……なんとなく怖くて」

翔梧さんは困った顔をしたまま笑った。

「怖いんですか？」

私も何回かしたお見合いで、威圧的な男性に対して怖いと感じたことはあった。でも彼を前にして、怖い感じになる女性がいるとは考えづらい。

「そう。なんだろうな、感覚的な問題だけどね。だから茜に会った時、あまりにも俺が望む理想の女性だったから、ちょっとびっくりした」

「私は普通で平凡な女ですよ」

「そんなことはない。俺にとっては特別な女性だ。一緒に過ごす時間が増えれば増えるほど実感する。健気で前向きで一緒にいて心強いし、男として守りたくなるような女性だ」

彼の微笑みが私を戸惑わせる。うれしいのに、そんな女じゃない、とまだどこかで否定したい気持ちにもなっている。

「俺もこの前のことがあってよくわかったよ。そのうえで父と弟をどう説得するか、一緒に考えよう」

強く頷いた。ただ翔梧さんに説得してもらうだけではなくて、私も彼の隣に相応しい女性になるための努力をしたい。今日翔梧さんに彼らのことを聞いて、目標とするものが少しわかった気がした。

デザートも終えてゆったりとした時間を過ごした後、店を出た。会計は、メイク直しに離席している間に済まされてしまった。

「ご馳走さまでした。すみません、私が払う予定だったのに」

「夫婦になるのに、奥さんに払わせられないでしょ」

夫婦、という言葉に胸が鳴る。まだ反対されている状態だけど、翔梧さんは前向きなのだと安心する。

「今日は家まで送らせてよ」

「……お言葉に甘えて、お願いします」

一人で帰路に就くには何も問題のない距離だけれど、『夫婦』という言葉を聞いたら彼の提案には素直に甘えたくなる。

翔梧さんはすぐにタクシーを呼んでくれて、二人で後部座席に乗り込んだ。

窓から見える夜の街並みは煌びやかで美しい。車の中から見る景色は、普段街中を歩いているだけの時とは、まったく違う見え方をする。

そんなことを考えていると、翔梧さんの手が私の手にふれた。偶然かな、と彼を見るとそんなことはなく、私を優しい瞳が見つめていた。重なる手に力が込められる。急な展開に激しく胸が鳴る。

「今日もすごく楽しかった。今度は食事だけじゃなくて、休日デートしようか。ドライブとか」

「……はい、ぜひ」

休日に翔梧さんとドライブをするのは、考えるだけで楽しそうだ。私は二つ返事で頷いた。それからは、どんなスイーツを食べにいこうかと盛り上がりはしたけれど、意識はずっと手にもっていかれていて、あまり話に集中できなかった。

タクシーに乗って二十分ほどしたところで、自宅マンションが視界に入った。次のデートの話をしていたらもう到着してしまった。

「このマンションです。ありがとうございます」

声をかけると、車が止まる。

「翔梧さん、今日もありがとうございました」

「こちらこそ。両親との食事会についてはまた連絡する。じゃあ、おやすみ」

「はい。おやすみなさい」

タクシーから降りて、扉が閉まる。手を振ってタクシーが見えなくなるまで見届ける。今日もいい一日だったと満足感に包まれながら家に帰った。もう少し一緒にいたいと思えるほど、居心地がいい。なのに手がふれただけで鼓動がうるさかった。

ただ数回会っただけの人と結婚をするという契約をして、覚悟を決めたにもかかわらず時折、不安に駆られることがある。でも、こうやって翔梧さんと過ごしていくうちに、それは杞憂だという心持ちになる。一緒にいて、こんなに居心地のいい男性は貴重だ。

翔梧さんのお父さんや結翔さんを説得できるほどの女性になることはもちろんだけど、夫婦になってからも彼の力になる女性になりたい。

そんなふうに今後のことをベッドの中で必死に考えていたら、いつの間にか眠っていた。

第四章　近づく距離

翌日、さっそく行動にうつすことにした。

いつもどおり出社してルーティンの仕事をこなしつつも、頭の中では引き続き翔梧さんとのことを考えていたら、あっという間に業務終了時間になった。

今日は礼節や経済についての本を買うために本屋に寄って帰ろう。それから上品な服も買う。肌ケア商品も揃えて、ご両親に会う時には完璧な状態にしたい。

気合いを入れて会社を出ようとしたら、ビルの入り口でうろうろしている男性に自然と視線が向く。

「……あれ」

会社のロビーに見覚えのある男性が立っている。スーツ姿なので見逃してしまいそうになったけれど、あの人は——。

じっと見ていると、男性と目が合う。そのまま私のほうへ向かってまっすぐ歩いてくる。その勢いに私はただ突っ立っていることしかできない。真正面で立ち止まったその人は、観察するように私の顔を窺った。

「……小倉茜さん？」

「は、はいそうですけど……もしかして」

「僕、翔梧の弟の、結翔です」

彼が結翔さんだということには気づいていた。それより、どうしてここに。

「どうしたんですか？　こんなところに何か用でも……」

「あなたを待ってました。兄さんと別れてほしいって言いたくて」

翔梧さんの家にお邪魔した時には気づかなかったけれど、結翔さんは少しタレ目だ。きりっとしている翔梧さんとの違いを見つけて、また一つ翔梧さんのことを知れたようでうれしくなる。

「聞いてます？」

そんなことを考えている場合ではなかった。人が行き交うビルの入り口で、男性と揉めている姿を見られたくはない。現に、通り過ぎる人からジロジロと見られている。

「あ、え、あの、ここではちょっと……場所移動しませんか？」

「なんでですか？　あなたが別れるって言えばいい話で」

「ちょ、ちょっとこっちへ！」

無理やり彼の腕を掴んで引っ張る。

戸惑う彼の腕を引いて、会社から一番近いカフェへと連れていった。会社に近いとはいえ、会社のロビーで話をするよりはマシだ。コーヒーを二つ買って端のテーブルに座っている彼のもとへ戻ると、キョロキョロと店内を眺めていた。

「何を見てたんですか？」

「あ、いえ。デザイン性の高いお店だなと思って」

「……なるほど。あ、コーヒーで良かったですか？」

「……はい。どうも」

結翔さんはぺこりと頭を下げ、ホットコーヒーを一口飲んだ。

先日の印象はすごく悪かったし、さっきも最初から敵意が剥き出しだった。だから急に大人しくなった彼にはなんだか拍子抜けする。しかも近くで見た彼はタレ目なのが相まって、柔らかい雰囲気だ。私に厳しい視線を送ってきた男性とは思えない。

「あの、どうして私の会社に？」

「調べました」

「……そうですか」

調べたってどうやって？　大企業の息子はそんなこともできるのかと怖くなってくる。身辺調査とかもされているんじゃないかと勘繰ってしまう。

「先日は大人げない態度を取ってすみませんでした。さっきも先走ってしまってすみません。あなたの顔を見たらつい……」

「えっ」

想定外の謝罪に、思わず息を詰まらせる。

「兄さんに怒られました。社会人としてどうなんだって」

翔梧さん、私が知らないうちに怒ってくれていたんだ。

「……そうでしたか。あの、気にしてないので大丈夫です」

当日はさすがに心を痛めたけれど、今はそれほど気にはしていない。こうして謝罪をされたら、特に。だが、結翔さんが謝罪のためだけに私の会社にまで来たのではないことはわかっている。

「でも、兄さんはもっとレベルの高い女性と結婚するべきなんです。だから先日の謝罪と、別れてほしいって話をしたくてきました。どうせこのままでは諦めるつもりはないんだろうし、僕が説得しないと、と思って」

「やっぱり、反対なんですよね」

結翔さんはすぐに頷いた。でも、想像していたよりは話しやすい印象がある。翔梧さんが怒ってくれたおかげか、態度が神妙だから私も冷静に話ができる。

「教えてほしいんですけど『レベルの高い女性』って例えばどんな人のことですか?」

彼は目をまるくして私を見て、顎に手をやり考える素振りを見せる。

「黒崎がどんなにでかいグループ会社かは知ってますか? 黒崎商事の社長である兄さんは、さらに上にいく可能性があります。そんな男の結婚相手となれば、人の前に出ることもあるし、兄さんの隣に立つのは相応しい女性でなければいけないんです」

「それは、わかります」

私もその点については、さんざん悩んだ。最初から、自分が彼に釣り合う女性ではないこともわかっている。

「言動、マナー、気配りや立ち居振る舞いが完璧なのは当然のこと。業界知識にも長けていて話題も豊富、仕事でも私生活でもサポートできるような女性。それプラス、美人でスタイルが良ければ、さらに良しって感じですかね」

「……なるほど」

最後の部分は結翔さんの好みが反映されていそうだと思いつつ、頭の中の手帳にメモをする。彼の前で直接メモを取れないのが残念だ。

「だからこそ父さんも、いい大学を出て一流企業に勤めている女性を求めてる。一つの指標になりますからね。家柄も本当は重要だけど、兄さんが連れてくる人にそこは諦めてるみたいです」

結翔さんは、むしろ私にアドバイスをくれているんじゃないかと思うほど、有益な情報をくれる。結翔さんの考えだけではなく、お父さんの考えまで。翔梧さんにも話は聞いていたけれど、情報は多ければ多いほどいい。

「結翔さん、翔梧さんのこと大好きなんですね」

「……え？」

自分でわかっていなかったのか、そんなことを言われるとは思っていなかったのか、結翔さんはひどく驚いている。大きな目を見開いた顔はどことなく幼さもある。二十八歳とはいえ年下だと思うと、可愛いとさえ思ってしまう。

「尊敬してるから、翔梧さんの結婚相手にも厳しいんですよね」

結翔さんは視線を下げた。

「……まあ、尊敬はしてます。わざわざ黒崎とは関係ない一般企業に就職して、力をつけてから黒崎グループに入ってるし。入社してからも、いいポストは蹴って下っ端からやり直すし」

弟である結翔さんから見た翔梧さんのことを聞きたいと思っていたのでいい機会だ。

「でも、だめなところが一つだけある」

彼は急に顔を上げ、神妙な面持ちで私を見つめた。眉間に皺を寄せ、ただごとではない表情をしている。

「な、なんですか？」

あの完璧な人に？

私は自然と前のめりになった。

「女運が悪すぎる」

結翔さんは頭を抱えて深くため息を吐いた。先ほどからリアクションが激しい。

「モテるくせに、言い寄ってくる女性は金や地位が目当ての派手な人ばかりで。そういう女性は、まず周りから固めようとするので最初は大体、僕を利用しようとするんです。なので、そのたびに僕が追い返していて」

なんとなく想像はできる。彼自身も女運が悪いようなことを言っていた。あれだけの人がまだ結婚していない理由は、きっとそこにあるのだろう。

「でも、翔梧さんはお見合い相手も合わないって言ってましたよ」

「……そうなんです。父さんも女運が悪いのか見る目がないのか知らないですけど、見合いをセッティングする女性は同じく金や地位目当ての人ばかり。兄さんはそれを断ってきたので、一応女性を見る目はあるんだと思います」

そんな翔梧さんに選ばれたのだと思うと、内心喜んでしまう。

「でも僕はあなたのこと、まだ信用してないです」

結翔さんの目がまっすぐ私を射貫く。先日のような敵意はもう感じられないけれど、警戒心は伝わる。

「私は、その女性たちとは違うと思います」

断言した。だって契約だから、そもそも出会いからして全然違う。

「自分のことならなんとでも言えますよ。今までの女性たちだってそうだった。どうやって兄さんを口説いたんですか？」

本当のことは言えるはずがないので、頭の中で翔梧さんと一緒に考えた設定を思い出す。二人の出会いは婚活パーティー。三回目のデートで翔梧さんの告白で付き合うことになった。

「あの、どちらかというと翔梧さんから……」

「え」

結翔さんの顔が固まる。

「た、たしかにパーティーで知り合って付き合いはじめたとは聞いてましたけど、まさか兄さんからとは……嘘じゃないですよね」

「バレるような嘘なんか、つきませんよ」

ほかの部分は嘘だらけだけれど、今回の結婚が翔梧さんからの提案なのは真実だし、設定でもそうなっている。疑われないように、驚く結翔さんをまっすぐ見つめる。

「今の私ではだめかもしれないですけど、頑張るのでもう少し待ってください」

「今から頑張るって言っても……」

「お願いします」

真剣に頭を下げた。もう少し時間が必要だ。せめて、ご両親との食事会の時までは。

「ちょっと、頭を上げてください」

端のテーブルを選んだといっても、人の目の届く場所だ。顔を上げたら、結翔さんは周囲を気にしているみたいだった。突然私の会社に乗り込んできた人の反応とは思えない。だいぶ冷静になったのか。きっと、こっちが本来の姿なのだろう。

「あれ、黒崎？」

突然、頭上から声がしてそちらを見上げる。するとコーヒーを持ったスーツ姿の男性が立っており、にやにやと結翔さんを見ている。

「あ……」

結翔さんは、男性から気まずそうに目をそらした。

「こんなとこで奇遇だな。何、彼女？」

「いや違う」

「女に構ってる暇あんなら勉強したら？　出世したいんだろ？」

男性の嫌な口調が鼻につく。結翔さんと決していい関係ではないことはすぐにわかった。でも私が口を出すようなことではない。

「お前には関係ないだろ。取り込み中だ。邪魔しないでくれ」

「……あっそ」

男性の視線が私をちらりと見る。鼻で笑ってからまた結翔さんに視線を向けた。

「まあ一族なんだから努力しなくても出世はできるか。いいねえ、コネ入社のコネ出世は。同期として羨ましい限りだよ」

わざとらしい嫌な言い方に、結翔さんが唇を噛み締める。その傷ついた顔を見た瞬間、私は口を開いていた。

「あの、失礼ではありませんか？」

私がそう言うと、結翔さんは「え、ちょっ……」と少し焦った素振りをみせた。

私は結翔さんが会社で、どんな態度でどういう仕事をしているのか知らない。でも公共の場で、連れがいる前で、こんなことを言う人が正しいとは思えない。それに結翔さんだけではなく、翔梧さんもバカにされたような気がして悔しかった。

「は？」

「黒崎グループは、コネで出世できるほど甘くありませんよ」

あくまで翔梧さんからの話だが、黒崎グループは実力主義だと聞いている。それに、あのお父さんがそんな甘い人ではないことは想像に難くない。

男性は面倒くさそうに舌打ちをした。

「……別にどっちでもいいけどさ、オレたちに迷惑かけないでくれよ？　期待されてない次男坊さん」

男性は最後まで嫌味を言いつつ去っていった。

「……ごめんなさい。私余計なことを言いましたよね。お仕事に支障が出たりしたら本当にすみません」

「……いや、いいんです。さっきの、入社時には仲良かった同期なんですけど。僕が黒崎の息子だって知ってから、ずっとああいう感じだから。アイツが言ってたことにも一理あるんです。僕はまだまだ兄さんには敵わないし」

「それは年齢も違うし仕方ないいんじゃないですか？　第一、あんなバカにするような言い方は酷いと思います」

さっきの態度は明らかに悪意があり嫌な感じだった。仕事仲間にする言動ではない。

「ありがとうございます。実のところ悔しかったんで、ちょっとスッキリしました」

結翔さんがわずかに微笑む。余計なことをしてしまったかと思ったが、その顔を見て私もほっとした。

翔梧さんもこういう苦労をしてきたのかと思うと心が痛む。あんなことを言われても、黒崎のグループ会社で仕事がしたいという強い思いは立派だと思う。

「今日はもうこれで帰ります。今度、食事会があるんでしたっけ」

「はい。結翔さんも来られますよね？」

「もちろん。その時に見極めますから」

挑発的な表情。だけどどこか楽しそうにも見える。譲歩してくれた彼には、食事会でどうにかわかってもらいたい。

コーヒーを飲み終え店を出た。たった数十分でも充実した時間だった。

「今日、結翔さんとお話ができて良かったです」

「……僕もです。茜さんに対する印象が少し変わりました。とはいえ、食事会までの短期間で何が変わるってわけでもないと思いますけど」

結翔さんの口調も表情も、最初の時よりは和らいでいた。

「頑張りますから！」

良きライバルのような立ち位置で私が言い返すと、結翔さんはまた少し笑った。

「近くに車を停めているので、僕はここで。……では、失礼します」

「はい、お気をつけて。また食事会で」

最後には礼儀正しく頭を下げて去っていった。彼の背中を眺めてため息を吐くと、緊張感がほどけていく。いきなり彼と一対一で話をすることになるとは思わなかった。でもいい機会になったことは間違いない。結翔さんに聞いたことを参考に、食事会への準備を整えたい。

時間を確認すると、まだ三十分しか経っていなかった。定時上がりだったので、これから買いものをする時間は充分にある。洋服を見て、本屋へ向かうことにした。

ついでにスマホを見ると翔梧さんから食事会についてのメッセージが入っていた。今あったことを伝えるべきかな、と思ったけれど、結翔さんの気持ちを考えて、報告するのはやめておいた。


日曜日、翔梧さんとのドライブデートの日。食事会は来週の土曜日なので、その前にすり合わせも兼ねて急遽、会うことになった。車で家まで迎えに来てくれるらしく、朝から用意をしつつもそわそわしていた。

約束の時間である十一時の五分前、マンション前に着いたと連絡があり、足早に家を出た。マンションの前には高級感のあるブラックの車が停まっていて、翔梧さんがそばに立っている。私服姿にハッとした。そうだ、いつも仕事帰りや正装をするような日にしか会っていなかったので、普段着を見るのは初めてだ。

「お待たせ」

「……いえ、私のほうこそ家まで来てもらってしまって……」

思考がうまく働かず、ぼんやりと翔梧さんを見つめる。いつものスーツでビシッと決めた姿とは違ってカジュアルな格好だ。とはいっても、グレーのタートルネックに黒のジャケットと黒のテーパードパンツを合わせて、大人の男性らしくしている。シンプルなその格好はスーツよりも身体のラインが見え、スタイルの良さが際立つ。

「行こうか。乗って」

「……失礼します」

助手席のドアを開けてもらって、緊張しつつ乗り込む。車種などには詳しくないし興味もさほどないけれど、高級感が漂うかっこいい車に見とれてしまう。助手席のシートはふかっとしていて座り心地がいい。普通の車では味わえない感覚に驚く。車体は新車のようにきれいだし、車内も余計なものは置いていなくて新品同様に見える。

運転席に座った翔梧さんはシートベルトを締め、さっそくエンジンをかける。思ったよりも隣との距離が近くて戸惑う。翔梧さんに会うことは慣れたはずなのに、横並びだと緊張感が増した。

「今日はとりあえずスイーツ三昧にしようと思うんだけど、どうかな」

「いいですね！」

スイーツという言葉に、緊張がわずかに飛ぶ。

先日盛り上がった話題のスイーツ巡りが、さっそく実現するなんて心が躍った。

翔梧さんの運転は上手で、緊張はすれど居心地がいい。音が静かなので適当なラジオを流し、スイーツの話をしながら目的地へ向かった。

一軒目はランチがてら、雑誌にも載っているパティスリーに来た。スイーツはもちろん、パンの種類も豊富なお店だ。以前から入ってみたいと思いながら並ぶんだろうなと尻込みしていた。案の定、お店の前には女性が何人も並んでいる。

一応予約ができるお店だけれど、基本的には数ヶ月前から予約待ちで、予約が取れない人が朝からお店に並ぶ形式だ。テイクアウトができるので持ち帰る人も多く、行列は次々と延びていく。最後尾に並ぶなら、少なく見積もっても一時間は待ちそうだ。

そんな心配をしていたら翔梧さんは列を追い越し、店内へと入る。

「あの、並ばないんですか？」

「予約済みだよ」

にこりと笑うと、可愛い制服を着た店員に名前を告げる。すると彼の言うとおり、店内の奥へと通される。

「ちょうどキャンセルが出たらしくて、うまく滑り込めたんだ」

「そんなことあります⁉」

以前、一度予約をしようと思ってＨＰを見たら、三ヶ月先まで埋まっていたので諦めたことがあった。その時、キャンセル待ち制度はなかった。謎が解けないまま猫足の丸いテーブルにつく。

店内はほとんどが女性で、男性は女性に付き添う人が数人いる程度だ。

「一人では来られないな」

「たしかに、翔梧さんみたいな方が一人で来てたらびっくりして見ちゃいますね」

もちろん、こんなにかっこいい人がどうして、という意味でだ。

メニューを開くと、スイーツの種類が豊富で目移りする。

「いろいろ食べたいけど、悩むね。普通に腹も減ってるしなあ……」

「じゃあシェアしませんか？　私も悩んでしまって」

「シェア？」

「はい。女性はこういうスイーツをシェアして楽しむことがあるんですけど……翔梧さんが嫌だったら全然」

「いいね、そうしよう」

彼は無邪気に乗り気だった。それほど悩んでいたのかと微笑ましくなる。とりあえず軽食のほかに、お互いが気になっているケーキを一つずつと、もう一つだけ選ぶことにした。本当はもっと食べたいところだけど、さすがにお腹に入る限界がある。

軽食には二人でサンドイッチを頼んだ。ただ、その後に控えているケーキが楽しみすぎて、じっくり味わうことなくさっさと食べ終えてしまった。

少し待っていると、ケーキが運ばれてくる。一気に三つのケーキを注文するなんて、なかなかない。目の前に置かれたのは、ガトーショコラとニューヨークチーズケーキ、それからサヴァランだ。ほかにもいろいろと気になるものはあったけれど、スタンダードなものを二つ、それから一つは変わり種を、ということで注文した。

「なんか、見た目だけでもすでに贅沢してる感じがします」

テーブルの上にはケーキが三つと紅茶にコーヒー。夢のような光景だ。

「せっかくなら、もう少し頼めば良かったかな」

「いえ！　三つで充分だと思います」

一個一個がしっかりした大きさなので、一人一個半でも多いくらいだ。

「どれから食べたい？」

私は三つ並んだケーキをじっくり眺める。おいしそうなのはどれも同じだ。でもまずは私が食べたいと思っていたケーキを選んだ。

「チーズケーキがいいです」

「わかった。俺はガトーショコラにしようかな」

お互いが最初に選んだケーキだ。こんな会話すら楽しい。ケーキを目の前に置いて、心を躍らせながらフォークで慎重にすくい、口に運ぶ。

口の中に広がるチーズの香りとコク。

「すごくおいしいです」

「ガトーショコラも濃厚でおいしいよ」

顔を見合わせて幸福感を味わう。翔梧さんのおかげで念願のお店に来られたことも、彼と一緒においしさを共有できることにも、感動していた。

「交換する？」

半分ほど食べ進めたところで、お皿ごと交換した。女友だちと『一口ちょうだい』なんて言うことはあっても、大人の男性とケーキを交換するようなことがあるとは思わなかった。

ガトーショコラは甘すぎないしっとりした食感と濃厚な味わいで、頬が緩む。味わって食べているつもりなのに、白いお皿の上のケーキはいつの間にかなくなっていた。

残るケーキはサヴァランだ。

二種類のケーキを食べ終え、すでに満足感もあった。

「デートでスイーツを食べにくるの、夢だったのでうれしいです」

「今までの彼氏とは？」

「言っても嫌な顔をされたことがあるので、それ以来誘ったりしなくなりました」

嫌なエピソードは簡単に思い出されてしまう。遠慮がちに誘ってみたらひどく嫌な顔をされて「一人で行けよ」と言われた。さすがに腹が立ったけれど、それよりも好きな人と好きなものを分かち合えないことが寂しかった。

「もったいないことする男だね」

そう言いながら、翔梧さんはおいしそうに最後の一口を食べ終えた。スイーツを一緒に楽しめる喜び。趣味の合う男友だちができたような感覚だ。

「最後はサヴァランだね」

「私、食べたことがないので楽しみです」

このお店で一番有名なのがサヴァランらしい。お酒の入ったケーキはあまり食べることがないので楽しみ半分、不安半分。

丸いケーキの中央にはクリームがたっぷりのっている。フォークでは切るのが難しかったので、ナイフをもらい半分に分けた。この量なら、運転に影響はないだろう。

「俺、実はサヴァラン大好きなんだ」

翔梧さんは少し照れくさそうにしている。

「それなら私の分も食べますか？」

私のお皿を差し出すと、翔梧さんは「大丈夫だよ」と笑った。

「好きなものを分かち合えるのが、うれしいなと思って」

「……私も、同じこと思ってました」

私が翔梧さんと同じような恋愛をしてきたとは到底思えない。なのに恋愛に関する共通点が多くて、知れば知るほど信頼度が増していくのを感じる。

「うわ、おいしい」

一口食べた翔梧さんが呟く。驚いたようにサヴァランを見てから、私を見た。その表情に期待しながら、つられるように私もそれを口にする。一口食べた瞬間、口の中にじゅわっとほろ苦いシロップが染み出る。同時に、ラム酒の香りと味わいが口いっぱいに広がる。今までのケーキとはまるで違う食感に驚きながら、感動していた。上品な大人の味だ。サヴァランがこんなにおいしいなんて知らなかった。有名店ゆえの味なのか、食べたことのない私には判断がつかない。

「どう？」

「……感動してます」

「良かった。ここのサヴァランすごくおいしいね。俺も感動したよ」

彼の口ぶりからして、このお店が特別みたいだ。

「お酒の入ったスイーツはあんまり食べないんですけど、おいしさを知らなかっただけでした。翔梧さんはそういうのをよく食べるんですか？」

「俺は酒入りがわりと好きなんだ。父さんも酒の入ったスイーツが好きなんだよな。その影響かもしれない」

「羊羹もお好きですしね」

あの厳格なお父さんが、甘いものが好きなのは意外だった。翔梧さんが甘党なのも父親の影響が大きそうだ。そう考えると、父と息子で意見が合わないように見えて、実は似ている部分もあるのだろう。

大満足のまま店を出ると行列はさらに長くなっていた。どう考えても、すんなりとお店に入れたことは奇跡だ。

「本当に予約がキャンセルになったんですか？」

なにげなくもう一度確認しただけだったけれど、翔梧さんは黙り込んだ。

「やっぱり、何か裏が？」

下から顔を覗き込むと、気まずそうに視線をそらす。

「実は、知り合いの社長がここのオーナーと友人で、予約を取ったけど婚約者の都合でどうしても店に行けなくなったらしくて。俺が代わりにその権利をもらったんだ」

私の想像以上の理由だった。そもそも知り合いの社長とかオーナーとか、私にとっては次元の違う話だ。

「怒った？」

今度は翔梧さんが窺うように私を見る。

「そんなことないですよ。翔梧さんの人脈に驚いてただけです。たしか、このお店ってキャンセル待ちはしてなかったですよね？」

「うん。でもこんなに行列がすごいとは思っていなかったから、ちょっと罪悪感があったんだ。本当のことを話せて良かった。次はちゃんと並ぼう」

案外気が弱いところがあるんだなとつい口元が緩んだ。特権を使って無理やり店に入ったというわけではないのに。この人なら社長という地位にいても、社員の立場になって物事を考えるんだろうなと想像できる。翔梧さんの会社での振る舞いについて、さらに興味が湧いた。

「次はどこに行こうか。気になるところはたくさんあるんだけど、今日はあと一店舗しか無理かな。夜はレストランを予約してるんだ」

「……ええと、じゃあケーキが少し重かったので、ジェラートのお店はどうですか？　たしかこの近くだったはずですけど……寒いですかね？」

肌寒い十一月。アイスを食べるのに適した季節とは言いづらい。でも口はアイスを求めていた。

「いや、俺もジェラートが気になる。そこに行ってみよう」

車に乗り込み、カーナビに店の所在地を入力する。思っていたとおり、車で十分ほどのところにお店があった。ジェラート専門店はめずらしいけれど、秋だからか買おうとしている人が数人いるくらいで、並んでいるというほどではなかった。ただ、駐車場もイートインもない。とりあえず近場の駐車場に車を停めることにした。

車を降りてジェラート専門店に向かう途中で、翔梧さんが店とは違う方向を指差す。

「あそこに公園がある。ちょっと寄ろうか」

目を向けると、都会のビル群の中に緑豊かなオアシスのような公園が見えた。遊具などはなく、あるのは噴水やベンチだけ。人も少なく、居心地が良さそうだ。

「ちょうどいいから、ここで食べよう。何味がいい？」

「うーん……ピスタチオがいいです」

お店に来る前に車の中でチェック済みだ。定番のミルクやフルーツ系など気になるフレーバーはたくさんあったけれど、一番惹かれたのが秋冬限定のピスタチオだった。

「わかった。買ってくるよ」

「え、私も」

「いいから。座って待ってて」

私が立ち上がろうとすると手で制止し、翔梧さんは背を向けて行ってしまった。彼を追いかけるよりもここは甘えて、せめてものお礼として自販機で飲みものを買うことにした。

園内に唯一ある自販機で温かいお茶を二本買った。

「お姉さ～ん、ちょっといいですか～？」

「え？　あ、はい」

急に声をかけられて、思わず返事をする。振り返ると、派手なスーツを着た男性が私を見て笑っていた。

「どーも。暇してるなら、お茶しません？　……ってどっかで見た顔だなぁ」

男は不躾にジロジロと私の顔を覗き見る。目をそらそうとするも男性の見た目のインパクトが強すぎて、思わず私も相手をじっと見てしまった。

「……あ」

彼を見ながら声が漏れた。この人、結婚相談所で紹介をされた男性だ。インパクトが強かったので覚えていた。たしか四番目くらいに紹介された、実業家の男性。何かをプロデュースしてるだとかいって事業の話をされたけれど、具体的にはどこで何をしているのかさっぱりわからない、自慢話ばかりだった人。私の話はほとんど聞いてもらえず、冴えない女だとかさんざん容姿をけなされただけで終わった嫌な思い出。

「思い出した！　試しで婚活した時に紹介された子だ！　まさか、声をかけた相手が会ったことのある女性だったなんて……これって運命かな？」

「……いや……」

ただのナンパならまだしも、相談所で出会った男性ということが気まずさに拍車をかける。

「こんなとこで何やってるの？　オレは仕事帰りでさ、いや～まいっちゃうよ、休日なのに頼られっぱなしで呼び出されるんだ。昨日も芸能人が集まるパーティーに招待されて飲みすぎちゃってさ～、気づいたら高級ホテルの大きなベッドで寝てたよ」

派手な柄物のスーツを着て、手首には金色の時計。そして首や耳にはじゃらじゃらとアクセサリーをつけている。肌は日に焼け、屋外でもキツい香水の匂いが漂っていた。業界人と言われればなんとなく納得してしまう見た目は、あの日から変わらない。

そう、あの日もこういう感じだった。私が口を挟む隙もないほど、自分の話ばかりだった。私の運が悪いのかなんなのか、相談所で紹介される相手はこういう男性ばかりで、なんとか歩み寄ろうとしても無駄だった。

「あの私、用事があるので……」

「今度またパーティーあってさ、同行してくれる美女を探してたんだ。そうだ。今からオレの家においでよ。高級マンションの最上階。夜景でも見ながらオレの仕事についてじっくり説明してあげるよ」

「ええっ？」

話が勝手にどんどん進んでしまう。

「あの日は冴えない印象だったけど、前よりきれいになったよね。今の君なら合格！付き合ってあげてもいいからさ、オレの高級車に乗りなよ」

彼の指差す方向には、ド派手な赤いオープンカー。ぎょっとしていると腕を掴まれ、強引に手を引かれる。

「あの、結構です！　私、男性と来ているので！」

「まだ婚活してんの？　オレがいるならいいっしょ。芸能人にも会えるよ？」

「興味ないですから！」

さすがに危機感が生まれた。腕を振りほどこうにも、やけに力が強いので離れない。

「やめてくださいっ」

「遠慮しなくていいって～」

声を荒らげたところで無意味だ。あまりに強引な展開に、恐怖心が芽生えてくる。

「ちょっと……っ！」

「失礼」

低い声が響き、男はようやく足を止めて振り返った。

「俺の妻に何か？」

「……翔梧さん」

現れたのは、ジェラートを両手に持った翔梧さん。その可愛い光景につい笑ってしまいそうになった。おかげで恐怖心がわずかに薄まる。そんな私の気持ちなど知らず、彼はひどく険しい顔で男性を見ていた。

ていうか今、『妻』って言った？

「え、君この人と結婚してるの？」

私はこくこくと頷く。

結婚はまだだけれど、わざわざこの人に説明する必要もない。

男性はさすがに驚きながら、翔梧さんを上から下まで見ている。翔梧さんは私服姿だけれど、品が良くオーラもある。この男性のようにうさんくさくもない。さすがにただものではないということがわかったのか、男性は私から手を離してくれた。

「な、なーんだ結婚できたんだ。良かったね、じゃあ！」

男性はそそくさと立ち去っていった。翔梧さんが来てくれて心の底からほっとした。

「翔梧さん、ありがとうございました。助かりました」

「ナンパ？」

「多分そうなんですけど、それがたまたま前に結婚相談所で紹介された人で。私の話も聞かずに、勝手に盛り上がってしまって……」

「……そうか。時間がかかってしまって悪かった。間に合って良かったよ」

「ありがとうございます。でも私なんかを誘うなんて、よほど困ってるんですかね」

芸能人のパーティーに行ったとか聞くと、出会いなんて山ほどありそうなのに。

「違うだろう。君がきれいだからに決まってるじゃないか」

怒るように断言されて、どう反応したらいいかわからなかった。するとスプーンの刺さったジェラートを手渡され、もう片方の手を握られる。

「茜はいつも自分を普通とか自信がないとか言うけど、そんなことはないよ。今までの男に自己肯定感を下げられてきたんだろうな。君は選ばれなかったんじゃなくて、相手の見る目が皆無だっただけだ。変な男に捕まらなくて良かった」

「……ありがとうございます」

翔梧さんの真剣な顔つきに、嘘やお世辞の言葉ではないことが伝わってくる。と同時に、染みついたものはなかなか消えないけれど、そこまで言ってくれる彼の隣に立っていられるよう、自分を卑下しすぎないようにしようと思った。

「もう、俺の奥さんにそんな思いはさせないから」

まだ結婚を認めてもらっていないのに、先ほどから翔梧さんは当たり前のように

『妻』だとか『奥さん』だとか言う。私は慣れない呼び方にいちいち反応してしまうのに、翔梧さんは平然としている。

「ジェラートが溶けるよ、食べようか」

「は、はい」

戸惑いつつもベンチに並んで座る。

「翔梧さんは何味にしたんですか？」

「コーヒーだよ。食べる？」

さすがにアイスを一口は貰いづらいので断ろうとしたけれど、その前に彼がジェラートを差し出してくれた。

「じゃあ、一口だけ」

コーヒーの味も気になるので、遠慮がちに側面を少しだけスプーンですくう。

「もっと食べていいのに」

「コーヒーおいしいですね。ピスタチオも食べますか？」

「じゃあ俺も一口、貰おうかな」

断られていたら恥ずかしいところだった。翔梧さんも、私のジェラートの横のほうを控えめにすくって食べた。

「うん、おいしいよ」

お互い、自分の頼んだジェラートを食べはじめる。

「本当だ。ピスタチオもおいしい」

濃厚で香ばしく、癖になる味わいだ。ピスタチオは変わり種といった感じだろうか。濃いのにさっぱりと食べられるこれは、今一番求めていた味だ。溶けないようにと雑談もそこそこに食べ進める。食べ終えると口の中が冷えていた。

「そうだ、温かいお茶を買ってたんでした。どうぞ」

「ありがとう、助かるよ」

お茶を飲んで、一息つく。

久しぶりにデートらしいデートをしている気がする。のんびりとした、穏やかな時間。出会ってまだ一ヶ月も経っていないのに、翔梧さんと過ごすのは居心地がいい。

「ケーキもジェラートもおいしかったけど、一日ではそんなに数を食べられないんだな。けっこう満足してる」

「ですね。もっと食べたい気持ちはあるんですけど……」

甘いもので満たされている。満腹ではないにしてもスイーツはもう食べなくていいかな、という感じだ。

「夕食、入りそう？」

「はい。甘いものでなければ」

「俺もだ」

二人顔を見合わせて笑い合う。

「少しドライブでもしてから夕食にしようか」

翔梧さんの提案に頷く。車に戻り、発車させると街中を走っていく。時刻は五時前。ちょうど陽が落ちてきていて、空は夕暮れに染まっている。オレンジと青のグラデーションがきれいで見惚れた。

停車して車を降りると、都会から離れた海の見える公園だった。

海と空の対比が美しく感嘆の息が漏れる。夕方の肌寒さはあるものの、それが気にならないほど、景色が美しい。

「きれいですね」

「本当だな……」

海をぼうっと眺める。潮の匂いがする海風が気持ちいい。都会で仕事をしていたら感じられない空気だ。もっと近くで海を眺めたい。柵のほうへ足を進める。

「あっ」

何かに躓いた私を、翔梧さんが咄嗟に腕を伸ばして受け止めてくれる。

「大丈夫？」

あまりにぼんやりしすぎて足元を見ていなかった。いい大人が恥ずかしい。

「はい。ごめんなさい」

翔梧さんから離れようとしても、ぎゅっと抱きしめられていて身動きが取れない。

「茜は俺の父と話しても逃げなかったな」

翔梧さんがぽつりと呟いた。独り言かと思ったほど小さな声だった。

「逃げませんよ。翔梧さんと契約したので。ただ私が相手で逆に翔梧さんにご迷惑をかけてますけど」

「迷惑じゃないよ。むしろ普通だったら逃げてるところだろうから、感謝してる」

一瞬、彼の力がぎゅっと強まる。

「あの日、茜に会えて良かったよ」

「……私もです」

彼の身体にそっと手を回し、抱きしめ返した。

これはきっと友愛の抱擁。

翔梧さんのような素敵な男性に抱きしめられている。そんなふうに意識してはだめだ。

「……ごめん、そろそろ行こうか」

わかっているのに身体が離れた後は照れてしまい、翔梧さんの顔を見られなかった。

翔梧さんが予約してくれていたのは、敷居が高すぎない小洒落(こじゃれ)たレストランだった。個室は居心地が良く、食事も話も進む。

この雰囲気なら翔梧さんの仕事の話を聞くことができそうだ。食事会では何があるかわからないので、仕事のこともよく知っておきたい。

「あの、翔梧さんのお仕事内容について質問してもいいですか？」

「ああ、なんでも聞いて」

黒崎商事は世界的にはまだ有名というほどではないらしいが、大規模な総合商社で、国内のみならず海外進出を果たして世界規模で業務が広がっているそうだ。

「翔梧さんは、お仕事で外国に行ったりするんですか？」

「いや、重要な契約でない限りは社員に任せてる。出張とか転勤が気になる？」

「そうじゃなくて、海外進出となると人材育成や教育も大変そうだなと思って」

「そこが気になるんだ？　着眼点が女性っぽくないね」

翔梧さんは笑った。

「へ、変でしたか？」

「そんなことない。おもしろいよ」

商社について調べているうちに、気になることがたくさん出てきたので聞いただけだった。小さなメーカー事務の私では商社の仕事というのは想像し難く、翔梧さんがどれだけ大変な思いをしているのか、具体的に知りたかったのだ。

「俺もそこを問題だと考えていたから、役員になってからはグローバル研修に力を入れたんだ。何事にもコミュニケーション能力は必要だからね。一年目の社員は研修に重点を置き、あとは先輩社員の海外派遣に同行させる。担当をもたせず、ひたすら経験を積ませるんだ。コストはかかるけど、後々それは会社の大きな財産になるから」

彼の意見に耳を傾け、真剣に頷いた。会社に不満を抱えていても、なかなか動けないものだ。そして役員になったからといって、すぐに実行できることでもない。

メモをしたい気分になってくる。本を読むよりも実際働いている人の話を聞くと、よりリアルに想像できる。

「まさか、茜にそんな質問をされるなんて思わなかったな」

「商社の世界はまだよくわからないので……」

今までぼんやりとしか想像できなかったものが、翔梧さんのおかげで頭の中でしっかりとした形になっていく。

「商社はやることが多そうですね」

「茜は、商社で一番大事なものってなんだと思う？」

急な翔梧さんの問いかけに言葉を詰まらせる。

組織形成や売上、翔梧さんが言っていた教育など、思いつくだけでも山ほどある。

その中で一番大事となると、まだ商社に詳しくない私の意見は一般的なものになる。

「結局のところ、コミュニケーション能力や人と人との繋がりが大事だと思います」

私の一言に、翔梧さんが目をまるくする。

「あ……的外れでしたか？　ごめんなさい、想像でしかないです」

あまりにも基本的なことだったかと恥ずかしくなる。

「いや。俺も同じ考えなんだ。様々な会社や人とのやり取りが多いだけあって、何をするにしてもコミュニケーションや繋がりが重要だと考えてる。企業研修でも、俺はかなりうるさく言ってるよ」

翔梧さんが自嘲気味に笑う。会社に入って翔梧さんの話を聞いてみたいな、と思う。

事務しかしたことのない私には未知の世界だ。

「でもどうして仕事の話なんて？」

「翔梧さんのお仕事について本を読んだりしたので、いろいろ興味が出てしまって」

たった数日だけれど経済の歴史や現代の情勢、商社の仕事内容などをひたすら頭に叩き込んだ。とはいえ必死で覚えたわけではなく、読み進めるうちに楽しくなり興味が湧いてきたのだ。私にはまったく縁のなかったことばかりで、夢中になって本を読んでいた。そのうち、実際の話も知りたくなったし、食事会の席でも役に立つかもと思い、翔梧さんに話を振ったのだ。

「……そんなことをしてくれてたの？」

翔梧さんが口元を手で押さえる。

「翔梧さんの妻として学んでみようかと……方向性がずれてましたか？」

「……いや、違うんだ。うれしくて」

彼の反応にほっと息を吐く。

「良かったです。女が男の仕事に口を出すなって言われたら困ってました」

人によっては口出しするなと言われることもありそうだ。

「そんなことないよ、俺はうれしい。それにきっと父もそういう女性を望んでる」

わからないなりに、ほど良い距離感で翔梧さんを支えたい。その気持ちを彼のお父さんにも伝えたい。

「ありがとう。でも俺の役目でもあるからね、茜ばかりが無理をしないでほしい」

翔梧さんの優しさに頷いた。

ここまで来たら私も譲ることができない。

その後も仕事の話で盛り上がり、翔梧さんの仕事ぶりが徐々に想像できるようになってきた。社員思いで、会社思い。利益も大切だけれどそれ以上に大切なのが〝人〟だと考えている。そんな彼の理念には共感ができ、尊敬の気持ちが大きくなった。

食事を終え、夜景の中を走る。車内から見る景色は夕方とはまた違った色を見せ、キラキラと輝いている。話をしていたら、あっという間にマンションに着いてしまった。楽しい時間は一瞬だ。

「今日はありがとうございました。楽しかったです。来週もよろしくお願いします」

「こちらこそ。次は夫婦になって、スイーツ巡りしよう」

見つめ合ったまま頷いた。

この短期間で翔梧さんに釣り合う女性になれたとは思えない。でも私自身、翔梧さんのパートナーでありたいという気持ちが強まった。それは子どもが欲しい自分のためでもあるし、彼の助けになりたいという正直な想いの表れでもある。

「じゃあ……」

また。と言いかけた時、翔梧さんの真剣な視線と目が合う。じっと私を見つめて動かない。やがて彼の手が私の手に重なった。

顔がゆっくりと近づき、息がかかりそうな距離になる。導かれるように瞼を閉じた。

「……ごめん」

少しして翔梧さんの声が聞こえた。瞼を開くと、彼は眉を下げて私を見ていた。

「こういうことは、結婚してからにしないとな」

「あ、そ、そうですね」

この状況を当たり前のように受け入れていたけれど、私たちは普通の恋愛関係で結婚に至るわけではない。そのことを思い知らされた気がした。

「じゃあ、おやすみなさい」

「うん。おやすみ」

車を降りて翔梧さんに手を振る。ブラックの車体が離れていく。

今までにない距離感に戸惑いながらも、鼓動が強く鳴るのを感じていた。

第五章　結ばれる

今日はついに黒崎家との食事会の日だ。

決戦の日といってもいいくらい気合いが入っている。約束は夕方からなのに、落ち着かないので朝早くから起きて掃除をした。部屋をピカピカにして、コーヒーを淹れる。ゆったりとした時間を過ごしつつ、メモをした黒崎グループの歴史を読み返す。それからビジネス書も。翔梧さんの仕事を理解するためにはじめた勉強が、今ではすっかり趣味になっている。自分の知らない業界の話はおもしろい。

夕方には翔梧さんがタクシーで迎えに来てくれるので、適当にランチを取ってから支度をはじめる。上品に見える大人っぽいメイクに、きれい目のグレーのワンピース。控えめにアクセサリーもつけた。

鏡で全身を何度もチェックして、お土産が入った紙袋を手に取る。前回はいいお店の羊羹だったので今回は張りきりすぎないものにしようかと思っていたけれど、もっと大胆に勝負をすることにした。

そわそわと支度をしていたら、翔梧さんから連絡があった。小さく「よし」と呟いて、マンションを出る。

「翔梧さん、お待たせしました」

グレーのスカートを揺らしながら翔梧さんのもとへ走り寄る。靴も上品に、ヒール が高すぎないパンプスだ。

「……なんだかまたいつもと雰囲気が違うね」

「はい。気合い入れましたので」

自信満々に答える。緊張もあるけれど、それよりも今はなんとしてでも認めてもら おうと燃えていた。短期間だったとしても、受験の時よりも勉強をした感覚がある。

「すごくきれいだよ」

「……ありがとうございます」

優しい瞳に見つめられて鼓動が速まる。今は、翔梧さんにドキドキしている場合で はないのに。

二人でタクシーに乗り目的のお店へ向かう途中も、ずっと気持ちが落ち着かない。

翔梧さんが予約したお店は、老舗日本料理の名店だった。瓦屋根がついた和風門 を入り石畳を進むと、暖色系の照明で照らされた入り口がある。暖簾をくぐり店内に足を踏み入れた途端、木の温もりを感じる空間に圧倒されて、思わず息を吸った。

案内された広い個室には、まだ誰も来ていなかった。室内はベージュと黒の上品な色合いで統一され、高級感を醸し出す。中央には細長いテーブルとイスが五脚。二対三で向かい合うように配置されている。厳かな雰囲気に息を呑む。

「まだ来てないみたいだな。良かった」

下座(しもざ)の席に二人並んで座る。

「……緊張してる？」

私は正直に頷いた。ここに来るまでは気合いが勝っていたのに、時間が経つにつれ緊張感が高まる。またあの恐ろしい空気を味わうことになるのかと、不安になった。

「大丈夫。何があっても俺がいるから」

翔梧さんの大きな手が私の手を包み、ぎゅっと握る。力強く温かい体温を感じていると、不思議と心が落ち着いていく。

少しして個室の扉が開き、私と翔梧さんはすぐに立ち上がった。最初に翔梧さんのお父さんが険しい顔をしたまま入ってくる。後ろにはお母さんと結翔さん。

「今日はお時間を頂戴いたしまして、ありがとうございます」

二人で頭を下げる。お父さんは相変わらず厳しい表情をしていて緊張感が高まる。

後ろの二人に目を向けると結翔さんと目が合ったので、会釈をした。すると前回とは違い結翔さんもぺこりと頭を下げてくれた。それだけで進歩を感じ、勇気が出てくる。

「翔梧、このような場を用意したってなんにもならないぞ」

「ここの食事がおいしいらしいから、一緒に食べたかっただけだよ」

席につき翔梧さんが合図をすると、和食の高級店らしく上品な食事が運ばれてくる。私の両親なら声を上げて喜びそうな食事だ。翔梧さんのご両親はさすがに落ち着いている。

「冷めないうちに食べよう」

事前に翔梧さんと話をしていた段取りとしては、翔梧さんの家族は最初からあまりいい雰囲気ではないだろうから、食事をして空気が和んだところで翔梧さんからあらためて説得をするという流れだった。

お父さんは私たちの態度を訝(いぶか)しみながらも、目の前の料理を食べはじめた。このような料理は食べ慣れているのか、表情ひとつ変えず当たり前のように箸(はし)を進めている。

一方、結翔さんはというと驚いた表情をしながら食べている。彼は何事も顔に出やすいタイプらしい。こっそり見ていると目が合ってしまったので慌ててそらす。お母さんはにこやかで、所作からも上品さが伝わってくる。私も見習わなければいけない。

翔梧さんが食べはじめたタイミングで、私も箸を手に取る。

先付は十一月の旬。車海老と松茸の東寺巻き、柿と笹身のごま酢和えにあん肝とかぶの重ね盛り。

最初から豪華な食材に息を呑む。高級食材を使っているだけではなく、見た目も色鮮やかで美しく、器も含めて芸術品のようだ。

口に入れた瞬間広がる出汁の味わいに、おいしいと感嘆の声が漏れそうになったのを必死に堪える。

一人ではしゃいで感動している場合ではない。きっと結婚相手として求められている女性というのは、翔梧さんのお母さんのような人なのだろう。私はお母さんをお手本にしつつ、本などで学んだ落ち着いた所作で食事をした。

結局、翔梧さんが会話を盛り上げようとしても食事会は粛々と進み、ついにデザートを残すのみとなってしまった。

デザートは抹茶プリン。黒い小鉢に鮮やかなグリーンが映えている。はしゃいでしまいそうになるのをぐっと堪えつつ、スプーンでプリンをすくう。

「あらおいしい」

翔梧さんのお母さんが口元を手で押さえて、上品に微笑んだ。おいしさのあまり咄嗟に出てしまったと思わせる言葉だった。期待に胸を膨らませ、私も口に運んだ。

「わ……本当ですね。すごくおいしい……」

思わず声が漏れ出てしまう。全員の視線にハッとして慌てて口元を手で押さえた。

「あ、すみません！　失礼しました」

友だちと一緒にいるような感動の仕方になってしまった。

一瞬空気が凍り、背筋を嫌な汗が伝う。せっかく翔梧さんのお母さんの反応が良かったのに、私が台なしにしてしまった。

「……いいえ、茜さんは甘いものが好きなの？」

翔梧さんのお母さんの優しい声音に顔を上げる。すると彼女は柔らかい微笑みを私に向けてくれていた。

「……っ！　はい、スイーツは食べるのも作るのも好きです」

初めて普通の質問をされたことに動揺しつつ、笑顔で頷いた。

「あら、それなら翔梧と合うわね。私も昔たくさん作っては、翔梧たちが一瞬で食べきってしまって困ったものだったわ」

「ちょっと、母さん」

翔梧さんの困った顔に私は笑顔になっていた。お母さんと笑い合っているだけで少し感動して泣きそうになる。

張りつめていた空気が穏やかになったところで、翔梧さんがスプーンを置いた。

「今日は、大事な話があるんだ」

「どうせ同じことだろう」

お父さんが目も合わせずに答える。やはりお父さんの雰囲気は硬い。

「ああ。今日は父さんに結婚を認めてもらう。父さんのことだから、よほどのことがなければ納得しないのはわかってる。でも俺も、茜と結婚したい気持ちは譲れない。茜は俺の仕事を理解して、自ら学ぼうとしてくれている。この短期間ですら変化がわかるほど努力をしているんだ。……俺は、そんな女性はほかにいないと思う」

翔梧さんの言葉が恥ずかしくて俯きそうになるけれど、それではだめだと姿勢を正してまっすぐお父さんを見た。

「……だから、今だけではなく、今後の二人を見てほしい」

結局二人で出した答えはそれだった。

この短期間で、すぐにお父さんを納得させるための説得力のある結果は出せない。だからこそ、これからの二人を見てもらうしかない。

お父さんはため息を吐いた。

「努力して、結果が出るまで何年かかるんだ。ほかの女性を探したほうが早いだろう。子どもだって早くしないと……」

「だから茜と結婚したいんだよ。俺だって子どもが欲しいと思ってる。茜も同じ気持ちだからこそ今、結婚すべきなんだ」

翔梧さんは譲らず、お父さんが再度ため息を吐く。彼ばかり責められているのが悔しくて、私は思わず口を開いた。

「……私は育ちも普通ですし、大企業に勤めているわけでもありません。また、ビジネスや経営についての知識や経験も不足しています。だから、お父様が反対するお気持ちは理解できます。ですが、黒崎グループ全体で受け継がれてきた企業理念の一つに〝未来を諦めない〟という言葉があります。私はこの理念に大変、感銘を受けました。同じように、私も翔梧さんとの未来を諦めたくはありません」

自信をもって堂々と伝えると、お父さんは黙ったまま私を見ていた。

「時代に合わせた黒崎グループの発展や、社員を幸せにする組織作り。会社と人、その二つの成長を翔梧さんの隣で考え、私も成長していきたいと思っております」

今日まで、プライベートな時間のすべてを自己研鑽に費やした。まずは手始めに作法教室の体験会に行った。そしてバスタブに浸かっていても、歯磨きをしていても常に経済学などの本を読み、知識を深めてきた。寝る寸前まで勉強していたせいで、夢の中でも必死に本を読んでいたくらいだ。知識だけではだめだというのは承知のうえだが、少しでも翔梧さんたちに近づきたい一心だった。

「……へぇ。勉強してんだ」

ぼそりと小さな声が耳に入った。視線を向けると、結婚に反対していたはずの結翔さんが微笑んでいる。なんだか勇気を貰えた気がした。

「もちろん妻として、翔梧さんの生活を豊かにできるよう努力することを約束します。ですから、どうか結婚を許してはいただけないでしょうか」

私の意思が伝わるように、翔梧さんのお父さんをじっと見つめた。お父さんは私を観察するように見ているけれど、その気迫に負けないようにと、私も目をそらさない。

子どもを産むためだけではなく、自分のために、それから翔梧さんのためにも結婚を認めてもらいたい。

「俺も、誰より茜にそばにいてほしい。ほかの人ではなく茜じゃなければだめなんだ。……だから、どうか結婚を許してほしい」

翔梧さんの力強い言葉が響く。ただの契約だとわかっていても、彼の口から出た結婚への強い意志を感じられる言葉に涙が出そうになった。

「だからといってなあ」

お父さんはまだ納得してくれない。でも心なしか、気持ちは揺れているようにも思えた。あと一押しな気がする。けれど、私の気持ちはすべて伝えきってしまっていた。

すると突然、結翔さんが私たちを見て口を開く。

「……僕は、思ったよりもいい女性だと思うよ」

「えっ」

私よりも先に翔梧さんが驚きの声を上げる。ここで結翔さんが口を出したことに純粋に驚き、目を見開いていた。私も結翔さんに視線を向けると、目が合った。

「この人は、今までの人たちとは違うと思う」

「結翔、どうした急に。あんなに反対していたお前が」

驚いているのは翔梧さんのお父さんも一緒だ。

「前に会った時とは表情も違うし、兄さんの隣にいても違和感がない。父さんも気づかない？　勉強もしてるみたいだし、それに……黒崎のことを理解してくれてる」

「……うむ」

めずらしくお父さんは全否定をしない。短期間の努力でも少しは効果があったのではないかと期待してしまう。

「失礼いたします」

その時、店員が大きな瓶を持って入ってきた。食後に出してほしいとお願いしていたものだった。

店員はお父さんの前に透明なグラスを置き、酒瓶を傾けてお酒を注いでいく。とくとくとく、といい音が響く。同じくその他全員のグラスにも注ぎ、酒瓶をテーブルに置いて頭を下げて出ていった。

酒瓶のラベルを見て、お父さんは目を見張った。今までで一番大きな反応だった。

「ん？　これは」

「……茜の提案で用意した酒だよ」

「……よく手に入ったな」

初めてちゃんとお父さんと目が合った。

「はい。翔梧さんから、お父様は甘いものとお酒に目がないとお聞きしていたので、探しました」

ある意味、今日のメインイベント。

翔梧さんのお父さんの好みを聞いていたので、前回は羊羹をお土産にしていた。今回はもう少し軽いものにしようかと思っていたけれど、同じようなことをしていては印象に残らない。どうせならお父さんを驚かせるようなものにしたいと思っていた時、翔梧さんからお父さんが大好きだという銘酒の話を聞いた。

幻の日本酒と呼ばれているそれは入手困難で、ネットの通販では手に入らない。そこで、ＳＮＳで酒屋さんやお酒好きの人の情報をチェックし続けた。するとタイミング良く入荷情報が入り、急いで酒屋さんに買いに走ったというわけだ。まさか入手できるとは思っていなかったのだろう。翔梧さんは驚き、やり手の商社マンも顔負けだと褒めてくれた。

「……うん、やはりうまいな。久しぶりに飲んだよ。ありがとう」

「い、いえ」

お酒の効果ってすごい。

あのお父さんがわずかに口角を上げ微笑んでくれた。あまりに戸惑いすぎて上手に返事をすることができなかった。

「初めて飲んだけど、うまいな」

「本当ね、私でも飲みやすいわ」

翔梧さんとお母さん、結翔さんまでも感動しているみたいだ。日本酒はあまり飲まないので、私が飲んだところで味などわからないかもしれない。ただ、そんなにおいしいのかと期待を込めて一口飲んだ。すると口の中に広がる味わいに、目を見張る。

「……本当、すごくおいしいです」

「君は初めて飲むのか」

「はい。このお酒の存在も初めて知りました」

言ってから、世間知らずだったかなとハッとしたけれど、お父さんは口角を上げた。

「そうか。酒は嗜む程度がちょうどいい」

想像よりも優しい口調に安堵した。

結翔さんの援護射撃とお酒のおかげなのか、場の雰囲気がわずかに変わった。もう一押しかもしれない。そう思った時、お父さんが咳ばらいをする。

「翔梧の話はわかった」

「……それは、結婚を許してくれるってことか？」

あれだけ頑なだった人が、と翔梧さんと私は顔を見合わせる。

「ただし、条件がある」

お父さんの鋭い視線が翔梧さんに向く。私もごくりと息を呑んだ。

「……どういう条件ですか」

「一年……いや、半年が期限だ。跡取りである子ども。それから、ちょうど半年後の決算説明会時に黒崎商事がグループ会社の中で企業成績一位。このどちらかの条件を満たせない場合は、すぐに離婚してもらう」

それは私と翔梧さんの間で交わしていた契約にも含まれる条件だった。もともと子どものために結婚する約束だったのでちょうどいい。問題は、もう一つの条件だ。たった半年で企業成績一位を取るのがどれだけ大変なことか、私にはわからなかった。第一、決算説明会といったら普通は五月の中頃。決算月の三月末までに成果を出さねばならないのだから、正確には猶予はあと五ヶ月弱しかない。

「翔梧さん」

私は翔梧さんに視線を向ける。

仕事については私にできることは限られているので、彼に決断を委ねることとなってしまう。でも彼なら大丈夫だろうという確信もある。彼を信頼して強く頷いた。

「わかりました。約束します」

「……よし。では半年間じっくり見させてもらう。小倉さん、よろしくお願いします」

翔梧さんはお父さんのほうを向き直り、真剣に、力強く答える。

「ありがとうございます。こちらこそ、よろしくお願いします」

咄嗟に頭を下げた。厳しい条件つきだけれど、ようやく一歩を踏みだした。

その後は比較的和やかに話が進み、特にお母さんとはスイーツの話で盛り上がった。前回とはまったく違う雰囲気に感動すら覚える。私の努力というよりは翔梧さんが頑張ってくれたことと、結翔さんの変化、お母さんの無邪気さのおかげだ。

無事食事会を終えて玄関先でタクシーを待っている間、少し離れたところに一人でいる結翔さんに声をかけた。

「結翔さん、今日はありがとうございました」

翔梧さんの説得やお土産のお酒など、いくつかの要因はあったにしても、結翔さんの一言が流れを変えてくれた。私はあらためて頭を下げた。

「……いえ。僕が現時点で見極めた結果を伝えただけですから。それがずっと続けばいいですけどね」

「頑張ります」

笑いかけると、結翔さんはツンと顔をそむける。もう彼のそんな態度には傷つかなかった。

すぐにタクシーが到着し、ご両親と結翔さんを見送る。

「……とりあえずは、良かったのかな」

「そうですね。翔梧さんのお仕事が大変かもしれませんが……私も精いっぱいフォローします」

「ありがとう。まあ、考えはあるからより一層努力するよ」

彼の冗談っぽい口調に心がほぐれる。

「それより結翔と何かあった？」

「え？」

「急に味方になってくれたから、何か裏があるんじゃないかと思って」

翔梧さんには結翔さんと会ったことを話していなかった。今日は協力してくれたわけだし、話してもいいかもしれない。

「そのことが理由かはわからないんですけど、前に結翔さんが私の会社に来て、ちょっと話したんです」

「結翔が？　ごめん、迷惑だったよな。嫌なこと言われなかったか？」

「うーん……本当に翔梧さんのことを尊敬しているなって。いろいろな話を聞けました。あと、あらためて翔梧さんはすごい人だなって思いました」

実際は二人の関係を真正面から反対しにきたのだが、納得してくれた今、わざわざ話すことでもない。

「……どんな話をしたのか気になるな」

本人のいないところで話をされるのは、気分のいいものではなかったかもしれない。

私は慌ててフォローを入れる。

「ごめんなさい。でもいい話ですよ。結翔さんのおかげで、お父様がどのような女性を求めているのかも理解できましたし」

「……それはなんか……」

「え？」

よく聞こえなくて聞き返すけれど、彼は微笑んだだけだった。

「さっそく婚姻届の準備をしよう。いつがいいとかある？」

急に話が切り替わったので何か怒っているのかと思ったが、表情はそうは見えない。

今度また結翔さんと会うことがあれば、すぐ翔梧さんに報告をしたほうが良さそうだ。

「特にこだわりはありません。でもなるべく早いほうがいいですよね」

「そうだね。じゃあ来週末ゆっくり食事にいこうか。その後、俺の家に来てほしい」

「翔梧さんの家ですか？」

「うん。婚姻届を出したら俺の家に一緒に住まないか？　広さは充分にあると思う。

もし嫌だったら別居婚でも……」

「いえ！　翔梧さんを支えるとお父様と約束をしたので、一緒に住みたいです」

「ありがとう。うれしいよ」

精神的にも疲労が大きく、今すぐにでもベッドに倒れ込みたい気分だった。でもそれ以上の感動や達成感がある。まだまだ、新生活はこれからだ。

「今日は本当にありがとう。茜だから父さんも認めてくれたんだと思う。厳しい条件つきだけどね」

「気を抜かずに頑張ります」

私にはまだまだ足りないことがある。そしてお父さんに話したら結婚を反対される要因になるだろうことも、実はまだ秘密にしている。

「茜に出会えて良かったよ」

「……それ、この前聞きましたよ」

「ああ、何度言っても足りないくらいだ」

「それはこっちのセリフです」

翔梧さんの優しい笑顔と微笑み合う。

私だって、翔梧さんのおかげで子どもが欲しいという夢が叶いそうだ。そう考えるだけで、夢のような生活が待っているのだと希望をもたずにはいられない。

次の週末には翔梧さんとの約束どおり、食事にいくことになった。

ついに今日は、婚姻届を提出する日だ。

まずはカジュアルレストランでランチを食べて、その後、翔梧さんの家で婚姻届を書くことになっていた。

レストランは個室で、いつものように話をしながら食事を楽しむ。大きな窓からは色とりどりの花が咲く美しい庭園を眺められ、それはまるで一枚の絵画のようだ。

「茜、これを」

「……え?」

食事を終えたタイミングで、翔梧さんがテーブルの上にリングケースを置く。先ほどまで笑って会話をしていたのに、真剣な面持ちだ。

「……茜、俺と結婚してください」

ドキッとした。契約上の言葉とは違うように聞こえてしまったからだ。私が驚いた表情のまま固まっていると、翔梧さんが照れ笑いを見せる。

「あらためて、ちゃんと言いたかったんだ」

彼の真摯な性格がそうさせたのか。

私は驚きと感動と、複雑な感情を抱えながら頷いた。

「こちらこそ、よろしくお願いします」

そしてテーブルの上に置かれたリングケースを受け取って、開く。

デザインからして、今目の前にあるのは結婚指輪ではなく婚約指輪だろう。大きなダイヤが輝きを放っている。

私にはもったいないくらいだけど、翔梧さんの気持ちがうれしい。大事にされている気がして、自然と頬が緩む。

「……ありがとうございます。大切にします」

契約だとわかっているのに鼓動が高鳴る自分が憎い。

「この後、結婚指輪も買いにいこう」

「本当に、結婚するんですね」

「当たり前だろう」

徐々に結婚に対する実感が湧いてきて、ふわふわしている。

ランチを終えると、まっすぐジュエリー店へ向かった。女性ならよく知る、有名なブランドだ。

店内に入ると、ガラスケースに入ったたくさんのジュエリーに目を奪われる。

「お客様、何をお探しでしょうか」

「結婚指輪です」

「それはおめでとうございます」

翔梧さんと目を合わせて、店員の女性に会釈する。

「こちらはいかがでしょうか」

女性店員のオススメをいくつか見せてもらう。結婚指輪なのでどれも形はシンプルだ。けれどその色合いや形は微妙に異なっていて、一度悩みはじめるととことん悩む。

「せっかくだからイニシャルを彫ってもらおうか」

契約なのに？と思いつつ、初めての結婚準備に浮かれていた。

指輪は仕上がるまでに時間がかかるらしく、その場では受け取ることができなかった。結婚指輪にはお金を支払いたいと言ったが、もちろん却下されてしまった。

ついに一番緊張する時間がやってきた。

今から私は、初めて翔梧さんの家にお邪魔しようとしている。

一緒に生活をするなら引っ越し先を見ておきたいと思ったのだが、翔梧さんの住んでいるマンションに着いて、それどころではなくなった。

「ここ、お一人で住んでるんですか？」

「もちろん。一人にしては広いけど、家での時間は大切にしたいんだ」

外観からして高級感のあるタワーマンション。セキュリティのしっかりした入り口と、広々としたエントランスにはコンシェルジュルームもある。マンション内にはジムやカフェまであるらしく、別世界のようだ。

キョロキョロしては恥ずかしいとわかっているのに、ついあちこち見てしまう。

エレベーターでぐんぐん昇り、二十階でストップ。翔梧さんの部屋は、一番奥の角部屋だ。

「……お邪魔します」

玄関からしてもう、高級感が漂う。大理石の床に、一人暮らしとは思えない広い玄関。奥へ続く長い廊下の両サイドには、ドアがいくつもある。当たり前だけれど、私の家のようなワンルームではない。

奥に通されると、そこには広々としたキッチンとダイニング。リビングにはL字の四人掛けソファと大きなテレビ、それから、夕日が映える大きな窓。二十階なだけあって、絶景だ。

「茜、自分の部屋も欲しいだろう？　用意したから案内するよ」

「あ、はい！」

さっそく翔梧さんは家の中を案内してくれる。とりあえず今の家にあるものを収納する場所が必要だ。一人暮らしだからといってものが少ないわけではない。部屋の寸法を測っておく必要もあるだろうから、すでに部屋を用意してくれているのは助かる。

「ここが茜の部屋」

案内されたのは、十畳ほどの広さの部屋だ。今、私が住んでいる部屋は七畳のワンルームなので、広さが全然違う。

「一応、寝室は一緒にしてるんだけど……いいかな」

「は、はい」

実感の次は緊張感。

もともと翔梧さんとは子どもをつくるという理由で、結婚の契約を交わした。つい忘れてしまいそうになるけれど、そこが一番重要で、照れている場合ではない。そのための結婚なのだから。

「これだけ広いなら、寸法を測る必要もなさそうです」

この部屋だけで、私のマンションにある荷物は全部入ってしまう。配置に悩むこともなさそうだ。むしろ広すぎてどうしようというくらい。

ほかにも、寝室やバスルームを案内してくれた。どこも広くて高級感があり、今とはあまりに違うことに驚きと感動を隠せなかった。リビングに戻り大きなソファに腰を落とす。なんだかすごい世界に来てしまったようでぼうっとしている。

「座ってて。コーヒー淹れるから」

目の前にあるシックなデザインのテーブルには紙が一枚置かれていた。ハッとして手に取る。

「婚姻届」

マグカップにコーヒーを淹れてくれた翔梧さんが隣に座った。

夢にまで見た一枚の用紙を眺める。

「あれ？　証人欄が」

すでに名前が書いてあった。そこには私の父の名前も。

「勝手に申し訳ないけど、茜のお父さんに貰ってきた。あとはうちの父さん」

「いつの間に……」

「早いほうがいいと思ってね。あとは俺と茜の名前が入れば完成だよ。そこは二人で一緒にいる時に書こうと思ってとっておいた」

コーヒーを一口飲み、ボールペンを手に取る。

自分の名前を書いて、印鑑を押す。

たったそれだけのことなのに緊張で手が震えていた。これを書いて提出したらもう、新しい人生のはじまりだ。契約を交わしている限り逃げることはできない。逃げるなんて考えていないし覚悟を決めたつもりなのに、緊張のせいか一瞬だけ躊躇(ためら)っていた。

「なんか、緊張します」

「俺もだよ」

翔梧さんも同じ気持ちだと知ったら安心する。何があっても翔梧さんと一緒なら、乗り越えられると再認識する。

微笑み合いながら、丁寧に婚姻届を完成させた。その足で役所に行き、すぐに提出をする。役所の人は淡々としていたけれど、受理された時には感動が湧き上がった。

「翔梧さん、よろしくお願いします」

「こちらこそ、よろしくお願いします」

どちらからともなく、自然と手を繋いでいた。

ついに待ち望んでいた、生活がはじまる。

第六章　初夜

　十二月初旬。クリスマスや年越しが近づき、世間ではなんとなくそわそわした空気が漂っている。滞りなく翔梧さんの家への転居が終わって、今は荷ほどきの最中だ。

　何もなかった部屋に自分のものが増えていくと、今日からここが私の暮らす家なのだと実感が湧いてくる。

　婚姻届を提出して次の週末にはもう引っ越していた。荷造りなどで慌ただしく、あっという間だった。

　とりあえず自分の部屋を片づけ終えたところで一息つく。自分の左手を持ち上げ、きらめく結婚指輪を見た。本当に、結婚したんだと感慨深い。

「茜、どうした？」

「あ、い、いえ！」

　荷ほどきを手伝ってくれている翔梧さんが、私の部屋に顔を出す。ぼうっと指輪を眺めていたところを見られてしまったかもしれない。

「荷ほどきは順調？」

「はい。ほぼ終わりました」

「終わり……？」

翔梧さんが新しい私の部屋を眺めて首を傾げた。彼の視線を追うように私も自分の部屋を眺めると、どう見ても散らかっている。私としてはあるべき位置に配置したつもりだったけれど、客観的に見たらこの部屋はもので溢れかえっていた。

「……これは、ここで正解？」

翔梧さんは私の本棚の中に置いてある花瓶を手に取った。「あ」と声が出る。

「あの、それはどこに置こうかなと悩んでそのままで……」

置いたまま、忘れていた。私はデザインのきれいな花瓶を、花を飾る余裕もないのにいくつも買いこんでいた。そんな〝どこに置いたらいいかわからない〟ものが、きっとこの部屋にはたくさんある。

翔梧さんがくすりと笑った。この状況を見られてしまったら、もう誤魔化せない。

「……ごめんなさい。私、実は片づけとか苦手なんです」

ずっと取り繕ってはいられないので、私は正直に告白した。

「謝ることはない。意外で可愛いなって思っただけだよ。笑ってごめん」

ついでに言うと、家事全般が苦手。特に料理。スイーツ作りは好きだけど、それ以外のことはてんでだめなので、キッチンツールだってきれいなままだ。いい歳してこれを言ってしまったら、翔梧さんのお父さんにさらに反対されると思って秘密にしていた。だから、こっそりと練習はしている。でも持ち前のセンスというものは練習してもそう簡単には身につかないもので……現在、ちょっとだけ苦労している。

「ちょうど花瓶が欲しかったんだ。リビングに置いてもいい？」

「そうしてもらえるとうれしいです。ごめんなさい」

「大丈夫。苦手なことは、お互いで補い合えばいいだけだよ」

翔梧さんならそう言ってくれるだろうし、きっとバカにもしない。だけどそれでは私が嫌だ。

「キッチンのほうも終わったんだけど、確認してくれる？」

「はい！」

キッチンはきれいだけれど使用感がある。そういえば、翔梧さんはたまに自炊をすると言っていた。

広いキッチンは収納も多く、私の持ってきたキッチンツールはすべてそこに収まってくれた。翔梧さんは整理も上手で、本当に非の打ちどころがない。

「ありがとうございます。おかげであっという間に終わりました」

「いーえ。大切に使ってるんだね。きれいなものばっかりだったよ」

「……はは……」

笑って誤魔化す。使っていないからきれいだとは、さすがに言えなかった。

「こっちにおいで。休憩しながらこれからのことを考えよう」

「はい！」

「まずそれ」

「え？」

「夫婦なんだから、敬語はやめようよ」

「あ……そうでした。つい癖で」

名前を呼ぶことには慣れたけれど、丁寧な言葉遣いはずっと残ったままだった。契約だとしても夫婦でこれはおかしい。

L字の白いソファに座り、翔梧さんが淹れてくれたホットコーヒーを飲む。窓を開けているので少し冷えはするが、疲れた身体には心地良く涼しい風が髪を揺らした。

「家事は分担制にしようか」

「でも、翔梧さんはお仕事大変です……じゃない？」

敬語になりかけたところで慌てて直すと、翔梧さんがくすりと笑った。

翔梧さんには、仕事を辞めて家事に専念してほしいとはお願いされなかった。仕事をするかどうかは私に任せると言ってくれたのだ。じっくりと考えた結果、もともと〝結婚をして早く家庭に入りたい〟といった願望がなかった私は、このまま仕事を続けることにした。

とはいえ、私の仕事と翔梧さんの仕事では忙しさも重さも全然違う。

「仕事をしてるのは茜も同じだろう？　だからどちらか一方だけが負担をすることはない。俺もある程度はできるし、家事は好きだから」

「ハウスキーパーとか家政婦さんはいないって言ってましたよね」

社長という立場で家事も完璧にこなしているなんて、私からしたら信じられない。

「ああ。でも茜がお願いしたいって言うなら、頼んでみてもいいな」

「ううん、あまり贅沢(ぜいたく)はしたくないので大丈夫！」

「本当？　掃除とかも当番制にするけど、茜がつらくなったら言っていいからな。より良い生活をするために、必要なシステムはどんどん採用していこう」

余裕のある発言に、私は本当にすごい人と結婚したんだなとあらためて思う。

「とりあえず家事は分担でいいかな。慣れないうちは、リビングにホワイトボードを置いて書くようにしようか」

さすが指導者というべきか、テキパキと物事が決まっていく。でもただ勝手に決めていくだけではなくて私の気持ちを確認してくれるので、置いてけぼりにはならない。

「今日の夕食は俺が作るよ。キッチン、まだ使い慣れてないだろう？」

「……すごいなあ」

「ん？」

「ううん、なんでもない」

翔梧さんがあまりに完璧で、ちょっとだけ情けなくなる。彼のことを支えるつもりだけれど、それには相当な努力が必要かもしれない。

「……まずは一緒に買いものにいこうか。茜の好きなものをたくさん作るよ」

何かを察しているのか、翔梧さんが励ますように私を立ち上がらせた。

翔梧さんがよく行くという駅前のスーパーに車で連れていってもらった。高級スーパーとかではなく庶民的なところでほっとした。

彼の頭の中では何を作ろうか決まっているらしく、迷いなくカゴに食材を入れていく。食材以外にも生活用品や、先ほど話したホワイトボード、花瓶を活用するためにお花までも購入して、最終的には大きな袋が三つ分にもなっていた。

マンションに帰るともう夕方。翔梧さんはさっそくエプロンをつけて料理をはじめる。私は生活用品を収納したり、花瓶に花を飾ったりしたが、それはすぐに終わってしまった。キッチンでは、翔梧さんがテキパキと同時進行であれこれ動いて料理を作っていた。私が苦手とすることを、余裕でこなしている翔梧さんの姿には見とれてしまう。

「何か手伝うことはある？」

たいしたことはできないけれど、手持ち無沙汰なので声をかけた。

「うーん、じゃあお皿を出してもらおうかな」

「どれ使ってもいい？」

「もちろん。もう茜のものでもあるんだから」

食器棚を開けると、和洋中様々な食器が揃っている。また、コップやグラスの種類も豊富だ。

今日は私のリクエストで和食なので、和食器を中心に取り出す。どれもお店で出てくるような重厚感があり、落とさないよう慎重に翔梧さんの近くへ置いた。料理は目の前で続々と出来上がっていき、食欲をそそるいい匂いにお腹がきゅうと鳴る。

翔梧さんがお皿に盛りつけてくれたものを、私がリビングのテーブルへと並べていく。和食器は本格的だし、料理の盛りつけも完璧。なんて絵になる食事だろう。メインは鰯の蒲焼きと天ぷらで、とても豪華だ。そのほかに野菜たっぷり具だくさんのお味噌汁と、小鉢にきんぴらごぼうなどの常備菜をいくつか出してくれた。久しぶりに人の作った料理を食べて、純粋に感動した。外食とは違ったおいしさが身体に染みていく。しかも作ったのは私の夫である翔梧さん。これからは私が食事を作ることもあるのに、ハードルが上がってしまった。自分にこんなおいしいものが作れるのかと不安になる。

やることが多すぎて夜になるまですっかり忘れていたけれど、今日は一緒に暮らしだして初めての夜だ。気がついたのはお風呂に入っている時。あまりに普通の生活すぎて、契約だということを忘れてしまいそうになる。でも翔梧さんと結婚したのは子どもをつくるためだ。ということは、結婚して一緒に暮らしはじめたこの日から、そういうことをする可能性がある。

意識してしまったらどうしようもない。私はいつも以上にしっかりと身体の手入れをした。用意していたのは、色気のないごくシンプルな白の寝間着。もっと女性らしいものにすれば良かったかと後悔したけれど、持ってきていないので仕方がない。

お風呂から上がってすぐに寝室に向かう勇気はなく、水分補給のためにリビングに顔を出すと、ソファには翔梧さんがいた。顔を見ただけで動揺してしまう。

「お風呂ありがとう」

「困ったことはなかった？」

「うん、広くて快適だったよ」

ウォーターサーバーからグラスに水を注ぎ、飲み干す。そのまま自分の部屋へ戻ろうとしたら名前を呼ばれ手招きされた。翔梧さんの隣に座ると彼の手が伸びてきて私の手を包む。ドキドキと胸が鳴り響く。

「……子どもをつくることが前提の契約だけどさ」

やっぱりその話だと思った。翔梧さんの雰囲気もちょっと違ったから。

「いきなりそういうことをするのも抵抗があると思う。だから、徐々に慣らしていくっていうのもありだと思うけど、どうかな。例えばこういうことから」

そう言いながら翔梧さんが私の手を開き、指を絡める。彼を見上げると、見つめ合ったままゆっくり顔が近づく。自然と目を閉じたら、翔梧さんの唇が控えめにふれ、すぐに離れていった。

「嫌、じゃないか？」

照れが残るまま頷くと、翔梧さんは不安そうに私の顔を覗き込む。もともと私に不安はなかった。大丈夫だと思わなければ、そもそも結婚もしていない。

「こんな感じで、少しずつ慣らしていくのもいいと思う」

翔梧さんが、私の気持ちや身体のことを考えてくれている優しさが伝わってくる。でも、もういい大人だし未経験でもない。子どもをつくる条件で契約結婚をしたからには、甘えていられない。

二人で決めた期間は一年だけど、お義父さんの条件は半年。できることなら早くしたほうがいいだろう。授かりものはいつやってくるかわからない。

「でも、なるべく早く子どもが欲しいな。両親のためにも、私たちのためにも」

私は翔梧さんの手を握り返してそう言った。緊張はするけれど、意志はとっくに固まっているという意思表示をする。

翔梧さんはしばらく黙り込んだ後、手の力を強める。

「茜が大丈夫なら……しようか」

こくりと頷くと、もう一度翔梧さんの唇が重なった。

翔梧さんがお風呂から上がってくるのを、寝室のベッドに座ったまま待っていた。

こういう経験がないわけではないのに、やけに緊張する。恋愛感情がないとわかったうえでの行為が初めてだからかもしれない。ただ子どもをつくるためだけの行為。割り切っているとはいえ、すべてを曝け出すには勇気が必要だ。

「お待たせ」

お風呂上がりの翔梧さんはいつもと雰囲気が全然違う。

スーツ姿でも普段着でもない翔梧さんの夜の姿は、当たり前だけど初めて見る。寝間着はネイビーのTシャツに、下はグレーのサテン地。いつもきちんとセットしている髪はぺたんと寝ていて幼さがあるのに、なぜか色気が増している気がするのは、ベッドルームにいるからだろうか。

翔梧さんが隣に座り、私の腰を引き寄せる。温かい身体がぴたりとふれる。

「緊張が伝わってくるよ」

「バレましたか」

「俺も緊張してるから安心して。ほら」

手を取られて彼の胸に押し当てられた。ドクンドクンという鼓動が、手のひらに伝わってくる。それは私と同じくらいの速さだった。

「茜、つらくなったら途中でもいいからちゃんと教えてほしい」

頷くと、ゆっくり優しく唇がふれた。

様子を見ながらの控えめなキスは回数を重ねるごとに深くなっていく。後ろ頭を支えられながら開いた唇は、翔梧さんの舌先に翻弄（ほんろう）される。今までにないほどの深い口づけに頭がぼんやりとしてきて、気がついたらベッドに押し倒されていた。見上げると真剣な表情の翔梧さんと目が合う。

こういう時、なんて言ったらいいのだろう。

好きとも違うし、よろしくお願いしますも変。

「茜」

私が何も言えないでいると、翔梧さんが私の名前を囁（ささや）く。安心させるような優しい声音と、優しく頬を撫（な）でる大きな手。

「……翔梧さん」

私が自然と彼の名前を呼ぶと、翔梧さんは微笑んだ。

再びキスをしながら、ゆっくり寝間着が脱がされていく。素肌に翔梧さんの熱い手がふれ、私の身体も内側から燃えるようにカッと熱くなる。それからは翔梧さんの手にされるがままだった。

慣れていないわけじゃない行為なのに、普段の落ち着いた彼からは想像もつかないほどの熱情を感じて混乱していた。契約であり義務だということを感じさせない、甘く濃密な時間。

「茜、大丈夫？」

途中、翔梧さんが汗ばんだ手で私の頬を撫でる。不安そうに私を見つめるその瞳が揺れている。

「大丈夫……。気持ち、いい」

深く考えずに答えた瞬間、慌てて口を押さえる。

「あ、ごめんなさ……」

気持ちがいいとか、そういうことじゃなかった。そんなことは関係のない行為のはずだ。

「いや、いいよ。うれしい。もっと気持ち良くなってほしい」

翔梧さんは微笑むとその優しい表情とは裏腹に、熱のこもった手つきで私を攻め立てる。気持ち良くなってはだめだと思っても、快感が無理やり引き出されていく。

「つけないで、するよ」

とろとろに溶かされて呼吸を荒くしていると、翔梧さんの声が聞こえた。涙目のまま彼を見上げる。

「……もちろんです」

迷うことなく頷いた。

早く、子どもが欲しい。

早く、翔梧さんの子どもが欲しい。

何も隔たりのない行為は初めてだった。それがこんなにも強い快感を引き出すなんて、知らなかった。

翔梧さんは最初から最後まで想像以上に甘く、愛されていると勘違いしてしまうような行為で私は満たされていた。途中から、これは愛情ではないと自分に言い聞かせることに必死になっていた。


目を覚ますと翔梧さんの胸の中にいた。

彼の温もりに包まれていると不思議と安心するのに、現状を把握した途端、心臓の音が速くなる。大きな窓にかかっているネイビーのカーテンの隙間からは明るい光がこぼれていて、朝が来たのだとわかる。

翔梧さんに抱きしめられたままどうしようか悩んでいたら、声をかけられた。

「おはよう、茜」

寝起きなのか、掠れた翔梧さんの声がやけにいやらしく聞こえてしまった。昨日の甘い夜が一気に呼び起こされる。顔を見るのが、ほんの少し照れくさい。

「……翔梧さん、おはよう」

「身体は大丈夫？」

「大丈夫。ありがとう」

時計を確認しようとゆっくり起き上がる。暖房をつけたばかりなのか朝の空気は冷たく、翔梧さんの温もりから離れると寒さに身を震わせた。すると身にまとっているものはキャミソールと下着だけだと気づいた。夜とは違って明るい場所で身体を見られるのは羞恥が倍増する。

「朝食作ったけど、茜は食べるタイプ？」

今一緒に寝ていたはずの翔梧さんが、朝食を作ったって……いつの間に？

「翔梧さんも寝てたんじゃないの？」

「さっき起きて朝食だけ作って、茜の寝顔を見るためにまたベッドに戻ってきた」

にっこりと微笑む翔梧さんの笑顔は爽やかなのにどこか含みがある。

「見なくていいから……」

寝顔なんて可愛いものでもない。むしろ変な顔をしていたんじゃないかとか、いびきをかいていなかったかとか、気になることのほうが多い。

「茜は、朝食はトースト派？　ご飯派？」

「トーストかな」

「良かった。俺も同じだからトーストにしたんだ」

「……ごめんなさい、私朝食のこととか何も考えてなかった」

そうだ、さっき翔梧さんは私よりも早く起きて朝食を作ったと言っていた。

月曜日の今日、私は引っ越しのため有給休暇を取得していた。一方、翔梧さんはいつもどおり仕事だというのに。私はというと起きるのは遅いし、朝食も作ってもらっているし、早々に妻としての仕事ができていない。

「いいって。まだこの家にも生活にも慣れてないだろ。今日はゆっくり休んで」

「ありがとう」

朝からさっそく後悔ばかりだ。

ようやくベッドから下りて洗面所で朝の支度をはじめる。髪は激しく乱れていて、こんな姿を見られていたのかと恥ずかしくなる。それから、首のつけ根あたりには赤いしるしが見えた。ギリギリ服で隠せる位置にあるけれど、まさか翔梧さんがキスマークをつけるような人だとは思わなくて、しばらく鏡の前で茫然としてしまった。

心を落ち着けてキッチンに顔を出すと、テーブルには朝食が並べられていた。完璧な朝食に息を呑む。

「翔梧さん、お仕事なのに……」

「今日は俺が朝食当番ってことで。そのかわり夕飯作ってくれたらうれしいな」

「わかった。夕飯は任せて！」

自信満々に言ってはみたが、内心は焦っていた。今日が休みで良かったと心底思う。サラダ、スープ、スクランブルエッグとベーコンにトースト、フルーツヨーグルトまで。一人の時は適当だった朝食が翔梧さんと一緒に住みはじめた途端、豪華な朝食に変わった。時間にも余裕があるし、朝をゆっくり過ごすことができるのがこんなに気持ちいいなんて。今まではギリギリまで寝ていたから知らなかったことだ。

翔梧さんの作ってくれた朝食を堪能しながら話をする時間も楽しい。朝食を作ってくれたかわりに私が洗いものをすることになった。

「ありがとう。ごめん、ちょっとだけニュースチェックさせて」

そう言うとテレビをつける。翔梧さんは職業柄、経済や国際情勢のニュースには敏感だ。食後はコーヒーを飲みつつ新聞を読んだりテレビのニュースをチェックしたりしはじめたので、私は邪魔をしないように洗いものを、あまり音を立てずに片づける。

新聞なんてほとんど読んだことがないけれど、これからは彼と同じように目を通したほうが良さそうだ。私には課題が山ほどある。

「そろそろ出る時間かな」

時計を確認して、翔梧さんは立ち上がった。

スーツのジャケットを着てカバンを持つと、見慣れた翔梧さんの姿があった。一応妻として、夫を玄関まで見送る。夫婦になったのだという実感が強く湧いてくる。

磨かれた黒の革靴を履くと翔梧さんが私を振り返った。

「あのさ」

「はい?」

「……茜が良ければ、夜、毎日したい」

一瞬なんのことを言っているのかわからなかった。

「だめ、かな」

翔梧さんの、気まずそうに照れている微妙な表情で、ピンとくる。普通に考えたら赤面するようなセリフだけど、私たちには目的があるので言葉の意図は理解できた。

「だ、だめじゃないよ。あ……昨日は何も考えてなかったけど、排卵日管理とかしたほうがいいよね?」

より効率的に考えるなら、必要なことはすべてやったほうが良さそうだ。結婚はもちろん、妊娠についても二人とも初心者なので、いろいろ調べなければいけないとも思っていた。でも、翔梧さんの表情が曇る。

「なんか、そういう感じでしたくないかもしれない」

「そう？」

「そうなってしまうと義務になるというか……」

契約なのに？　義務ではないの？と思いつつも私も心が感じられるほうがいいので、否定はしなかった。たしかに細かく計画を立てたら、プレッシャーになる可能性もありそうだ。アプリでチェックするくらいにしておいたほうがいいかもしれない。

「じゃあいってくるから」

「うん。仕事、頑張ってね」

「ああ、ありがとう」

「いってらっしゃい」

背を向けた翔梧さんはドアに手をかける。

「あ」

「え？」

再び振り返った翔梧さんをどうしたのかと目で追っていると、一瞬で距離が縮まり、唇にキスをされた。啄むような軽いキスだ。

「いってきます」

翔梧さんは満足げに微笑み、今度こそ家を出て静かにドアが閉まる。契約上の関係なのに、新婚夫婦みたいなことをするんだという驚きで茫然と立ち尽くす。

昨夜から契約とは思えないほどの甘い時間に戸惑いを隠せない。契約でこんなに甘いなら、本当に人を好きになった彼はどんなふうになってしまうんだろう。気になるけれど、今の結婚相手は私なのでこの関係が失敗しない限り見ることはできなそうだ。

「……よし、今日やることは掃除と勉強と夕飯作り！」

ドキドキとした鼓動を抑えながら、気持ちを切り替えた。

午前中には掃除洗濯を済ませ、適当に昼食を食べて午後は勉強。やらなければいけないことが山ほどあるので、学生のように時間で区切って商社の仕事や世界情勢についての本や新聞を読む。三時になると夕飯のメニューについて考えはじめた。私の中で一番の課題となっている料理。翔梧さんが作るおいしいご飯に比べたら、私の腕前では満足してもらえるかわからない。ただ、翔梧さんならおいしいと言ってくれるのが想像できる。だからこそ、気を遣わせたくはない。

ネットでひたすら検索し、まずは初心者でもうまくできるような献立を決めて買いものに出かけた。

予定しているメニューは、サラダとスープ、それから煮込みハンバーグ。

自炊に慣れてないうえに人のご飯を作るのは初めてのことだ。どのくらい材料が必要かも掴めず、食材を買いすぎて荷物が重くなってしまった。翔梧さんの家にある冷蔵庫が大きくて助かった。

初心者なのでレシピを見ながら丁寧に作りはじめる。翔梧さんは早くても帰るのは夜八時くらいだと言っていたので、時間がかかっても余裕はある。

「あれ、ちゃんとおいしい」

途中でスープを味見して、おいしさに自分で驚く。不器用で自分には向いてないと思っていた料理だけど、おいしく感じると楽しくなってきた。

家事や結婚なんて向いてないと思っていたのに、気がついたら翔梧さんはどうしたら喜んでくれるかとか、より良い生活をするにはどうしたらいいかとか、そんなことばかり考えている。

あれほど婚活に苦労していた私が、こんな生活をすることになるなんて。結婚できたこともそうだが、契約結婚のはずなのにいつの間にか彼のために頑張りたいと思っているのが、まったくの予想外だった。翔梧さんのことを考えて少しでも喜んでもらいたいと思っている時間を、楽しいとさえ感じる自分に戸惑っている。

「よし、とりあえず完成かな」

二人分にしては量の多いハンバーグができた。ご飯もばっちり炊飯済みだ。あとは翔梧さんを待つだけ。

時刻は夜の七時。翔梧さんと一緒に食べたいので本を読んで待つことにした。部屋からマナーアップや女性としての作法の本を持ってきて、ソファに座って読みはじめる。食事会までにもたくさんの本を読んだけれど、まだ身についている実感がない。この間は作法教室の体験会に参加したので、これは定期的に通いたいと思っている。

集中して本を読んでいると、スマホの着信音が鳴った。画面には翔梧さんの名前が表示されていて、すぐに電話に出る。

「もしもし翔梧さん？」

『茜ごめん。急に結翔がうちに来ることになった』

「えっ」

予想外の電話に声が漏れる。

『結翔が早くうちに来たいってしつこくてさ。夕飯、三人分大丈夫かな。足りなければ買っていくけど』

「う、うん。ハンバーグとか作りすぎたから、たくさんあるけど……結翔さんの口に合うかどうかはわからないよ？」

『ありがとう、大丈夫だよきっと。それなら何も買って帰らなくていいね。ごめん、今から帰るから一時間くらいで着くと思う』

「わかった。気をつけてね」

通話を終え、慌てて片づけが済んだキッチンを眺める。

二人分以上の量があって良かった。でも結翔さんは翔梧さんよりもいろいろと厳しそうだ。怖くなって私はもう一度ひととおり味見をした。それから二人がお酒を飲むならおつまみも必要かもしれない。たくさん買いすぎた材料から何か作れないかと、冷蔵庫の中とにらめっこをしてレシピを必死に考えた。

翔梧さんだけではなく結翔さんにも振る舞うことになって、緊張感が増している。

「ただいまー」

翔梧さんの言うとおり、約一時間後に玄関のドアが開いた。私は足早に玄関へ出迎える。

「翔梧さん、おかえりなさい」

翔梧さんの後ろにはもう一人いる。翔梧さんよりも身長が低く細身なので、その姿はすっぽり隠れていた。ひょこっと顔を出したスーツ姿の彼は、私の姿を見て目をまるくした。

「……ホントにいる」

「結翔さん、お久しぶりです」

彼と会うのは家族での食事会以来だ。グレーのスーツを着こなしている結翔さんは、前に会った時と印象が変わらない。

「ども。お邪魔します」

結翔さんはぺこりと頭を下げる。

「茜、急にごめんな」

「ううん。夕飯たくさん作りすぎちゃったのでちょうどいいよ」

「兄さん、ホントに結婚したんだ……」

「当たり前だろ」

「式は？」

「まだ今はそこまで手が回らないな。まずは決算説明会をクリアしてから。父さんはあんな感じだから、納得して祝ってもらいたい」

「ふーん。それより聞いてよ兄さん。父さんがさあ」

さっそくリビングに移動して話しだす二人を見つつ、食事の用意をはじめた。緊張しつつハンバーグを盛ったお皿を並べていく。

「すごくおいしそうだな。任せちゃってごめん」

「いいよ。ゆっくりしてて」

これが私の仕事だと妙に張りきっていた。むしろ慣れないことなので、一人で準備をさせてもらったほうがもたもたしているところを見られないで済む。

「僕はもっと経営に関わる仕事がしたいし早く上にいきたいのに、父さんがだめだって言うんだ」

キッチンで夕食の支度をしていると、結翔さんの声が聞こえてくる。

「それは大変だろうけど、今結翔に必要なのは一般的な社員の仕事を理解し、こなすことだと父さんは考えてるんだろう？　今のままで部長や役員になったとしても、こなせる自信はあるか？　苦労するのはお前だぞ」

「……でも、兄さんは僕の歳の時にはもう課長補佐をやってたじゃないか」

「俺は俺、結翔は結翔だ。仕事内容も環境も違う。結翔には結翔のペースがあるよ」

「……そうだけどさ……」

料理を並べ終え、ここにいていいのかと迷った。仕事の込み入った話に私は邪魔だろう。でも三人分の食事を用意してしまったので、とりあえず翔梧さんの隣に座った。

「ごめんな茜。ありがとう」

翔梧さんは隣に座る私に優しく微笑む。

「いえ、私は席を外したほうがいいかな？」

「そんなことない。ここは茜の家なんだから。結翔、話の続きは後にして先に食べよう。茜が作ってくれたんだぞ」

「……いただきます」

結翔さんは落ち込んだ様子だけど、頷いた。それを見て翔梧さんも手を合わせてから箸を取る。サラダを少し食べてからハンバーグを一口食べた。

私はその様子をずっと見つめていた。緊張で心臓の音がうるさい。自分の作ったものを食べてもらうことがこんなに緊張するなんて。

「……うまいよ、茜」

翔梧さんが少し驚いた表情をしつつも、笑顔で頷いてくれた。

「本当に？　良かった……」

　ほっと胸を撫で下ろす。何度も味見をして、レシピに忠実に時間をかけて、丁寧に作ったおかげだ。今回は時間がかかりすぎたので、手際良くなることが今後の課題だ。

「な？　結翔」

「うん。おいしいです」

　結翔さんは俯いたまま食べ進めている。彼らの反応にほっとして私も食べてみると、味見どおりちゃんとおいしくなっていて、自分が作ったとは思えない出来に自分でも驚く。料理の楽しさがちょっとわかった気がする。

「茜、今日は何してたの？」

「家事して、本を読んだりしてたよ。翔梧さんは仕事どうだった？」

「月曜だから忙しかったな。でも早く帰りたいし残りの仕事を家でやろうと思ってたら、結翔が待ってた」

「ごめんって」

「次は急に来ないで連絡してくれよ。でもまあ、結翔の悩みは俺も通ってきたところだから、とことん聞くよ」

　翔梧さんの言葉に結翔さんの表情が緩む。やっぱり翔梧さんのことが好きなんだと、その顔でわかる。

「……結翔さん、大変そうですね」

「ねえ茜さんはどう思う？　聞いてたんでしょ？」

名前を呼ばれたことに驚く。結翔さんの中で、私の位置が格上げされたような気がする。しかも結翔さんの仕事について発言を求められていることも、認められているようでうれしくなった。以前カフェで声をかけてきた同僚のことなど、結翔さんは引き続きいろいろと苦労しているのだろう。

「私も、翔梧さんと似た気持ちですよ。翔梧さんと話をしていると社員の気持ちを理解してくれてるなって思うので、そういう人が上に立つ会社であってほしいです。なので、結翔さんもまずは社員として働くのは大事だと思います。お義父さんや翔梧さんもきっとそうやって、今の地位に就いてるんじゃないですか？」

翔梧さんはうんうんと頷いてくれた。

「でもさ、せめて兄さんみたいに同じ部署で部長を目指すならいいけど、一年ごとに部署をたらい回しにされるんだ。毎回イチからやり直し。時間の無駄だと思わない？」

私からしたらお義父さんが何を考えているのかは想像もつかないし、一般的な感想しか伝えられない。

「……結翔さんが会社でどんな感じかはわからないんですけど、誰にでも向き不向きはあるし、経験を重ねて可能性を広げることを重要視してるんじゃないでしょうか。兄弟でも違うところはあるので、翔梧さんとは違うやり方で、結翔さんの将来を見てくれてるのかもしれないですよ？」

私は姉妹がいないからわからないけれど、厳格な父と優秀な兄がいたら焦ったりプレッシャーに感じたりすることも多そうだ。だからこそ、結翔さんが早く出世したいと言っていることはなんとなくわかる。だとしても、翔梧さんを見ていればお義父さんの教育が間違っているとは思えなかった。

「……そっか」

結翔さんは黙り込み、パクパクと食べ続ける。気に障ることを言ってしまったのかと不安が広がる。

「ごめんなさい、私よく知りもしないのに余計なことを」

「ううん、ありがとう」

素直な結翔さんにはまだ慣れない。

翔梧さんと顔を見合わせると、彼は少し困ったような顔をして笑った。

夕食後、少し元気になった結翔さんはまた仕事やお義父さんの話を持ちだし、盛り上がっている。これは長くなりそうだ。

「何かおつまみいる？」

「うん。一応作っておいた」

念のため用意していた簡単にできるおつまみを冷蔵庫から出す。もやしのナムルとバター醤油で炒めたエリンギ、それからちくわにチーズを入れて焼いたものだ。どれも簡単だったので、私でも比較的早く作ることができた。

「おいしそうだ。ありがとな茜」

「すごい。……茜さん、無理してない？」

聞かれたことに驚き目を見開く。無理をしているように見えているのだとしたら失敗だ。苦手なこととはいえ私はむしろ楽しんでやっているのに。

「無理、してないですよ？」

「そっか。ならいいや。あと僕年下だから言葉遣い普通でいいよ。『さん』じゃなくていいし」

「……じゃあ、結翔くん？」

「うん。それでいい」

翔梧さんの大事な弟だ。最初の印象が悪かっただけに距離が縮まるのはうれしい。さすがに兄弟水入らず話したいこともあるだろう。明日から仕事もあるので、先にいろいろと済ませることにした。

「私は先にお風呂入っちゃうね」

「うん。ごゆっくり」

お酒もおつまみもあるし、二人の夜は長くなりそうだ。

今朝、翔梧さんは『毎日したい』と言っていたので今日もするのかな、と思っていた。でも結翔くんがいるならさすがに今夜はなさそうだ。残念なような、ほっとしたような複雑な気持ち。ある意味義務的な行為だとわかってはいるけれど、昨夜のことがなかなか頭から離れない。それほど甘い夜だった。

「あれ、結翔くん？」

お風呂から戻ってくると結翔くんはソファに横たわって目を閉じている。翔梧さんが、彼に毛布をかけているところだった。

「泊まるって言って聞かないうえに寝た。まったく月曜から……」

「いろいろ大変そうだね」

テーブルの上を翔梧さんと一緒に片づける。

「会長の息子ってだけでプレッシャーも大きいだろうし、気持ちはわかるけどね」

「翔梧さんも大変だった？」

「そりゃあね。周りの目が一番キツかったな。結翔はさらに俺の存在もあるから、きっと俺以上に大変だと思う」

キッチンに移動してお皿やチューハイの缶をシンクにまとめる。

「そうだよね……あ、あとは私がやるから大丈夫。翔梧さんもお風呂入ったら？」

「ああ、そうしようかな」

そう言いつつも翔梧さんはキッチンを離れようとしない。それどころか、洗いものをしている私に背後から抱きついてきた。

「わっ、翔梧さんどうしたの？」

突然の密着に胸が鳴る。リビングには結翔くんがいるし、寝ているとはいえ見られるかもしれないのに。

「……茜、結翔と仲いいな」

「え!? そんなことないよ」

たしかに最初に会った時より結翔くんの態度は良くなっているし、心を開いてくれている気さえする。でも仲がいいというのとは、またちょっと違うと思う。

「前に結翔が茜の会社に行ったって言ってたけど、どこに行って話をしたんだ？」

「会社のロビーで話すのはまずいと思って、カフェに行ったよ」

「それだけ？」

「？　うん。そこで話をして、すぐに解散した」

翔梧さんが何を聞きたいのかわからないけれど、それだけだ。話した内容は以前報告しているし、どうして今さらその話題を出すのかも理解が追いつかない。

「……へぇ」

正直に話しているのに彼の声は不満げだ。

「翔梧さん、何か怒ってる？」

「別に」

否定するわりに普段より声が低い。後ろから抱きしめられているので表情を見ることができなくてもどかしい。いつもの優しい翔梧さんと違うのはたしかだ。

「翔梧さん、どうしたの？　なんか変……」

「今日は、茜の手料理を食べる初めての日だったのになあ」

棘のある言い方だ。私も翔梧さんに初めて料理を振る舞う日に、結翔くんが一緒だとは思わなかった。

「……拗ねてる？」

「俺のことは呼び捨てにしてよ」

翔梧さんは私の問いかけを無視する。いきなり呼び名のことにまで言及してきて、私の頭は追いつかない。

「む、無理だよ」

「なんで？」

「翔梧さんは、翔梧さんだから」

やっぱりどう考えても拗ねている。

今まで翔梧さんのいろんな顔を見てきたつもりだったけれど、初めて知る子どもっぽい部分。仲間外れにされた子どもみたい。そんな彼を可愛いと思ってしまった。

翔梧さんの腕の力が強くなる。

「今日も、しような」

耳元で低い声が囁く。昨夜のことが一気に思い起こされて、身体が震えた。

「……結翔くんいるから、だめだよ」

「でも早く子どもつくらないと」

「そうだけど……」

鼓動が鳴り響く。

常識のある翔梧さんのことだから、結翔くんがいるならしないと言うと思っていたのに。結翔くんがいるのに抱きしめてくるし、するつもりだったなんて。

「寝てた……」

結翔くんの声がして、パッと身体が離れていく。

抱きしめられていた余韻と動揺で心臓がバクバクうるさい。彼はソファからのそりと起き上がり、キッチンにまで来る。目をこすり寝ぼけているみたいなので、見られていないことを祈る。

「結翔、起きたのか」

翔梧さんは爽やかな笑顔を結翔くんに見せる。さすが大人の男性。

「……まさか、イチャついてた？」

「別に？　それよりどこで寝る？　寝具は一式あるから寝室以外ならどこでもいいぞ」

「……リビングでいいよ」

結翔くんは訝しみながら答える。

「わかった。じゃあ一式持ってくるよ」

翔梧さんは準備をするためにキッチンから出ていった。

「結翔くん、水飲む？」

「大丈夫。……なんか、あんな兄さん初めて見た」

結翔くんは翔梧さんが出ていった今も、ドアのほうを茫然と見ていた。

「あんなって？」

「なんていうか、茜さんに夢中っていうか……。今まで女っけ全然なかったから二人のこともわりと疑ってたんだけど、やっぱり本当だったんだね」

疑っていたという言葉にドキッとした。

食事会の席での、翔梧さんのご両親や結翔くんに対する説明は隣で見ていて完璧だった。でも弟の立場からしたら、怪しい言動もあったのかもしれない。

さっきの翔梧さんの行動を思い返してハッとした。

もしかしてあれは、二人の関係が嘘だと思われないための演技だった？

それなら大成功だ。バカみたいに動揺してしまったのが悔しい。

リビングに布団を敷くと、結翔くんは入るなりすぐに眠ってしまった。それを見届けた後、私もベッドルームに戻ると、お風呂から上がった翔梧さんがすでにベッドの中にいた。

控えめにベッドに入ると、すぐ翔梧さんに抱き寄せられる。その体温に包まれることにはまだ慣れていなくて、動揺する。

「翔梧さん、結翔くんに疑われないように、ああいうことしたんだね」

「え？」

「結翔くんが、疑ってたって言ってた」

「ああ、いや……そうだよ。作戦」

にっこり微笑む翔梧さんが少しだけ怪しい。

「だから、しようか」

翔梧さんが身体を起こして私に覆いかぶさる。

「え……本気だったの？　作戦だったたって今……」

わざと結翔くんに聞かせるための、演技だったんじゃないの？

「嘘だよ」

翔梧さんは笑って否定する。

「結翔に信用させるためだけに、あんなことしないよ」

自然と唇が重なる。ふれるだけのキスを何度も繰り返しているうちに、呼吸が乱れるのを感じていた。

「でも、声聞こえちゃうから」

「キスで塞(ふさ)ぐから大丈夫」

「あ……」

寝間着の中に翔梧さんの手が入る。熱い手の感触に昨夜のことがよみがえった。

リビングには結翔くんが寝ている。もし気づかれでもしたら、恥ずかしくて明日の朝、顔を合わせられないだろう。そうわかっているのに、翔梧さんの手には抗(あらが)えない。

翔梧さんの手がゆっくりと私の寝間着を脱がしていく。もうここで彼を止めることはできないと悟った。

ドキドキと鼓動が鳴る。昨夜も緊張していたけれど、どうしてか昨夜以上に胸が痛いほど鳴っている。呼吸が激しく乱れ、息が苦しい。

なぜかはわからない。

私を見下ろす翔梧さんと目が合うと、彼は口角を上げた。

「……声を出さない状況に興奮してる？」

「し、してないっ！」

私は顔を赤くして否定した。

「そんな顔も可愛いよ」

さらりとした翔梧さんの言葉は聞き逃しそうになる。こういう時に嘘をつくようなな人じゃない。わかっているからこそ、契約でしかない関係を忘れそうになる。

今日は、兄の顔をする翔梧さんのことをじっくり見られた。それから拗ねる子どものような顔も。もっと、彼のことを知りたい。いろんな顔が見たい。

気がついたら、翔梧さんとの結婚生活を楽しんでいる自分に戸惑う。あれだけ結婚は向いてないと思っていたのに。引っ越し直後から楽しくて、どうしたらいい奥さんになれるかと頭を悩ませることすら楽しい。

彼とふれ合うことも、二日目なのに違和感もない。

翔梧さんの情熱的な律動に声が出そうになるのを、唇を噛んで必死に堪える。

キスで塞いでくれるって言っていたのに。

訴えるように見上げると、翔梧さんの唇が私の唇を塞いだ。そのまま激しく求められ、わけがわからなくなるほど甘く乱れた。急に不安になり手を伸ばすと、指を絡めてきゅっと握り締めてくれる。

――わかってる。これはただの契約。

今はただ、子どもを産むことだけ考えていればいい。

そう自分に言い聞かせていた。

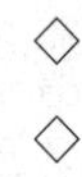

黒崎翔梧。

旧財閥黒崎グループの黒崎ホールディングス会長である、黒崎恭一郎の長男。

幼稚園から名門校へ通い、難関大学を卒業し、新卒で有名商社に入社。数年後、黒崎商事の営業部在籍を経て経営企画部部長に抜擢（ばってき）され、その後代表取締役社長に就任。

経歴は完璧なようで、俺自身はそうでもない。

勉強一筋、仕事一筋でやってきただけあって、恋愛に関しては偏差値が低い。

結婚願望も特になく、必死でやってきて社長の座に就いてようやく落ち着いた頃には、周りの友人は全員結婚していた。子どもをもつ友人も多く、会うたびに子どもの写真を見せられる。そのたびに羨ましいと思ってはいたが、恋愛に疎く仕事ばかりの俺には無理かなという諦めの気持ちのほうが強かった。

ただ、会社を背負う男として父はそれを許さなかった。社長の座に就くとすぐに見合いの話を次々ともってきては、断るとぐちぐちとうるさいうえにしつこい。

見合いには何度か応じたが、どの女性も俺自身のことよりも経歴や年収に対する問いかけが多く、心を開けなかった。結翔が反対してくれたおかげで回避してきたが、父もさすがに堪忍袋の緒が切れた。

跡継ぎになる子どもをつくらないと黒崎グループを継がせず、さらに俺が進めていた事業を売却する、とさえ言いだした。

会社を継ぐことをそこまで重要視しているわけではないし、害を被るのが自分だけならいい。しかし事業売却までされるとなると、頑張ってくれている社員の努力を潰すことになる。俺が結婚しないからという理由で会社や社員を巻き込むことはできないので、さすがに腹を決めた。

ただせめて結婚相手は自分で探そうと、父には言わず結婚相談所に入会した。経歴を見てか見合いの話は後を絶たなかったが、何人の女性に会おうと、俺の心は動かなかった。その間も父は口うるさく、もうこの際、自分自身の結婚はどうでもいいからせめて子どもだけでも、と考えていたくらいだ。

そんな時に出会ったのが茜だった。

最初は俺と同じような女性がいる、と思った程度だった。しかしチラチラと見ているうちに酷い男の対応に腹が立ち、彼女が不憫に思えた。

さらに話してみると、いい意味で普通なことに安心感がもてた。そして俺は自然と自分の話をしていた。彼女も子どもが欲しいのだという悩みを聞いて、件の契約が頭に浮かんだ。しかし子づくりのための契約なんて非常識だ。そう思い直したが、彼女と話をすればするほど彼女が気になっていった。

おいしそうにケーキを頬張る表情、つい冗談を言いたくなる慌てる姿、庇護欲をかき立てられる困った反応。こんなに魅力的な女性が、婚活に苦労しているなんて。普段は理性的に物事を考えている自分が、気づいたら契約結婚を持ちかけていた。

自分でもおかしな契約を思いついたと思う。

でも、困っている彼女と助け合えたらいいという気持ちが強く芽生えた。そして、彼女とならきっとなんでも協力し合えるだろうという不思議な自信もあった。

一緒に過ごしていくうちに俺の直感は正しかったのだと確信した。茜との時間は想像以上に楽しくて、仕事の疲れが癒やされる。恋愛感情というよりも感謝の気持ちから、彼女のためならなんでもしてあげたいとすら思った。

初めて彼女を抱いた日、とにかく優しくしようと決めていたのに、頬を赤くし瞳を潤ませ、曝け出した顔をする彼女を見たら、どうしてか余裕のない自分がいた。ただ子どもが欲しいだけの行為。淡々とこなすはずだったのに、甘く啼く茜に夢中になって我を忘れた。

もっと茜を、愛したい。

こんな気持ちは勘違いだと思っていたが、結翔と話をしている茜の顔を見て、俺だけを見てほしいと思った。

初めての感情に正直、戸惑った。過去に好きな女性がいたことはあるが、ここまで惹かれた女性は今までにいなかった。

だけど二人の関係はあくまで契約。彼女もわかっていて俺に抱かれてくれているだけだということを、忘れてはいけない。

「茜さんの朝食もおいしかった。料理うまいんだね」

「……ああ、そうだな」

結翔が泊まった翌朝、俺は結翔と一緒に家を出た。今日から茜も出社だったが、まだ時間があるらしく別々に家を出ることになった。

茜が作ってくれた初めての朝食は、結翔の好みに合わせて和食になった。ご飯にみそ汁、焼き鮭に卵焼き。どれもおいしかったけれど、茜の作った朝飯を食べる結翔を見て心がざわついた。

「でさあ、茜さんが昨日、作ってくれたつまみが……」

結翔は先ほどから茜の話ばかりする。

最初はあんなに失礼な態度を取っていたのに、いつの間にこんなに気に入っているのか。しかも昨日はあれだけ仕事のことで悩んでいたのに、なぜか晴れやかな顔になっている。

こっちは結翔が一緒だったせいで、出かける前のキスもしていないのに。

「結翔、仕事はどうするんだ？」

「とりあえず、上司の言うこと聞いて頑張るよ」

「それがいいな。俺からも父さんに言ってはおくけど、結翔もちゃんと話をしろよ」

「わかってるけどさ……」

父は頑固を具現化したような人で、説得するにしても話を聞いてくれるかはわからない。でもこれから会社で上にいくには、自分の意見を伝えられるようになるべきだ。

「ねえ、今日も家に行っていい？」

「だめだ」

結翔はまだ実家で生活をしているので、帰りたくない気持ちも強いのだろう。でももう邪魔はさせない。

「えー、なんで。茜さんとも話したいし」

「だめだ」

ぎろりと結翔を睨む。

昨夜は結翔がいたせいで、満足に彼女を抱くことができなかった。結翔にバレるのが怖いのか、一度したら茜は拒否反応を示し、すぐに寝てしまったのだ。

「兄さん、こわ……」

結翔が呟いたが聞こえないふりをした。

今日は朝から会議三昧(ざんまい)だ。

父に出された条件は企業成績一位。黒崎商事の成績は、前回は四位だった。数あるグループ会社の中で一位を獲るのは至難の業だ。経営面についてのミーティングを連日行っている。半年以内にどうすれば一位を獲れるのか、今の俺はそのことで頭がいっぱいだ。朝から役員を揃えて話し合うも、なかなか方針がはっきりしない。

今までの社員重視の俺の考えとは、あまりに違いすぎるからだ。

黒崎商事は、まず世の中や持続可能な社会に貢献するためにあると思っている。それから社員のため。これまで、利益などは二の次だった。その理念を変えたくないからこそ、悩むことが多い。利益のためだけに仕事を増やせば、もちろん社員の負担は増える。どうにか両立できないかと、試行錯誤している。

仕事のことを考えると眠れない夜もあるが、茜の顔を思い出したら、頑張れる気がした。

「翔梧さん、おかえりなさい」

「茜、ただいま」

仕事を終え、家で出迎えてくれる茜の顔を見てほっとした。今日は邪魔者がいないので、存分に彼女を堪能することができる。

「わっ」

気がついたら彼女を抱きしめていた。

「翔梧さん、どうしたの?」

「やっと二人きりになれたと思って」

「今日、結翔くんは?」

「さすがに今日は家に帰るって。結翔がいたほうが良かった？」

「そんなことないよ」

茜は慌てて首を振る。その姿にほっとした。結翔ともっと話したかったなんて言われたら、自分はどうなってしまうかわからない。

「良かった。今日の夕飯は何？」

「今日は、生姜(しょうが)焼きだよ」

「うれしい。早く食べたいな」

さっそくリビングに行くと、いい匂いに腹が鳴った。

茜の作る素朴な料理が好きだ。高級レストランの料理よりもよっぽどおいしくて、心に染み渡る。

「どう、かな？　味つけ濃くない？」

毎回、俺の顔を不安そうに見ているのも可愛い。片づけが不得意だと言っていたので、もしかしたら料理も苦手だったのかもしれない。そんな茜が、俺だけのために料理を作ってくれていることも感動だ。

「すごくおいしいよ。今日は茜も仕事だったのに、作ってもらって申し訳ない」

「全然！　私のほうが帰りは早いから。それに、練習にも……」

茜は言葉を濁らせる。

「しばらく残業が続きそうなんだ。夕飯はお願いすることになるかもしれない」

「お仕事、大変だもんね。私は大丈夫だから気にしないで」

不安そうな顔をしているのに、俺に心配かけさせまいとする姿がいじらしい。早く父に認めさせて盛大な式を挙げ、旅行にだって連れていってあげたい。

「翔梧さんどうしたの？」

茜が不思議そうな顔をして、俺の顔を覗き込む。気がついたら手を止めて、茜のことをじっと見つめてしまっていた。

「……なんでもないよ」

ただの契約だったはずなのに。

この先もっと惹かれてしまうんじゃないかと思ったら、少し怖くなった。

第七章　プレッシャー

暗い部屋の中、二人の息遣いが響く。

「翔梧さん、ちょっと待って……っ」

「待たない。どうしたの？」

「だって、なんか……」

いつもよりも激しい。

最近、日に日に激しくなっている気がしていて、身体が追いつかない。暖房をつけている部屋が暑くなり、エアコンを切った。

「茜が可愛いからだよ」

「またそんなこと……」

冗談かどうかわからない甘いセリフを囁き、私を抱く。

翔梧さんと結婚してもうすぐ三ヶ月が経過するが、毎日、契約とは思えないほど甘い夜を過ごしている。

あれからクリスマスと年末年始を越し、今は二月中旬。

初めてのクリスマスには高級レストランで食事。翔梧さんからは大きな花束とネックレスを貰い、高級ホテルの宿泊では夢のようにリッチで甘い時間を過ごした。私がプレゼントしたブランドもののネクタイピンを、彼はとても喜んでくれた。

年末年始にはお互いの両親へ挨拶。

翔梧さんのご両親は毎年ご夫婦で旅行だというので、電話で済ませることになった。ほっとしたような、問題が先送りになっただけのような、複雑な気持ちになった。私の実家には直接、挨拶にいったのだが……母のはしゃぎっぷりはかなりのものだった。

翔梧さんは相変わらず優しく、夜の時間も甘い。ただ、彼が言っていたように毎日することはできなくなっていた。彼の仕事が忙しく、毎日早朝から夜遅くまで出かけていてなかなか時間が取れない状況で、できるのは週末だけ。

「もう一回」

「ええっ」

そのせいか、翔梧さんは前にも増して激しく求めてくるようになった。もちろんそれは、子どもをつくるためには必要な行為なのだけれど。最中に囁かれる甘い言葉に勘違いしそうになるのを必死に理性で繋ぎとめるのも、そろそろつらい。

「……ごめん。身体、大丈夫？」

「大丈夫だよ」

激しく抱かれた後シャワーを浴びた。ベッドに戻り、翔梧さんの胸の中に収まる。

あれだけ激しい行為があったとは思えないほど、穏やかな時間が戻ってくる。

「そういえば、父さんに実家に来いって呼ばれてるんだけど、いつがいい？」

「え、お義父さんが？」

「うん。たまには来いってさ」

結婚してから翔梧さんのご両親には会えていなかった。翔梧さんは忙しいし、私も生活のことで精いっぱいで会いにいくという頭にはならなかった。

「何言われるのかな」

急に不安が広がる。まだ子どもはできていない。翔梧さんには内緒で体温やアプリでタイミングなどをチェックしているが、そううまくはいかないものだと実感する。

「もうすぐ三ヶ月だし、進捗報告ってところかな」

「怒られるかな」

「まさか。って言いたいところだけど、うちの父さんのことだからな……。でもできることはやってるし、俺が言い返すよ」

翔梧さんのことは信用しているけれど、不安は拭えない。

「茜」

名前を呼ばれ翔梧さんを見つめ返す。でもいくら待っていても翔梧さんは私を見つめているだけだった。

「翔梧さんどうしたの？」

「……いや、なんでもないよ」

翔梧さんの手が私の髪を撫でる。前髪をかき分け、額にキスが落ちてくる。優しいキスに、私を安心させようとしてくれているのがわかった。

「……もう一回しようか」

「ええっ」

今シャワーを浴びたばかりだ。すっかり眠るつもりだったのに、翔梧さんが覆いかぶさってくる。

「早く子どもをつくろう」

翔梧さんの目つきが変わり、胸が高鳴った。優しいのに、熱のこもった視線に吸い込まれていく。

あまり待たせても悪いので、週末の今日、土曜日の夕方に翔梧さんの実家に顔を出すことになった。お土産にお酒を持ってきたけれど、慣れない空間に緊張を隠せない。

「お久しぶりです」

広いリビングに通されて、お義母さんが紅茶を出してくれる。

「それで、子どもはまだか？」

顔を合わせるなり、お義父さんの厳しい視線が痛い。翔梧さんはため息を吐いた。

「会って早々それはないだろ」

「進捗報告だ」

翔梧さんの言ったとおりだった。子どももできていないし、翔梧さんの仕事もようやく軌道にのってきたところなので、お義父さんが納得するような答えはまだない。

「約束まで、まだ時間はあるよ」

「仕事のほうはどうなんだ？」

「経営方針を一部変更して、売上に繋げるよう努力してるよ。社員への負担はできる限り増やしたくないから、時間はかかると思うけど」

「そんな甘いやり方で大丈夫か？」

「まあ、任せてよ」

仕事に関して翔梧さんは自信があるのか堂々としている。私も、翔梧さんの妻としての仕事はできていると思うし、日々知識を身につけているという自信もあった。それなのに子どもができないというだけで、今はすっかり自信をなくしてしまっていた。

「例えばの話だけど、子どもができたとしても企業成績一位を獲れなかったら、父さんはどうするつもり？」

「離婚して、子どもだけ引き取ればいいだろう」

「なんだそれ」

あまりに冷たい物言いに、まだ認められていないのだと思い知らされる。

想像するだけでぞっとした。

せっかく子どもができたのに手放さなければいけないなんて、絶対にしたくない。

「翔梧たち、夕飯食べていくでしょ？」

お義父さんの隣に座っていたお義母さんが立ち上がる。私たちは話が済んだらすぐに帰ろうと話していたので、言葉に詰まった。

「いや、帰るよ。二人とも忙しいし」

「夕飯くらいはいいだろう。まだ話すことがある」

「……わかりました」

翔梧さんは半分諦めたように、頷いた。するとお義父さんは満足げに、一度席を立ってどこかへ行ってしまった。

「茜は帰るか？」

二人きりになった隙に、翔梧さんが小声で確認してくれる。

「まさか。大丈夫だよ」

「……ありがとう。つらくなったら言って」

私だけ帰るなんてことはできない。お義父さんとの話は心が苦しくなるけれど、翔梧さんの実家が嫌いなわけではなかった。特に、お義母さんとはもっと仲良くなれないかなとずっと様子を窺っていた。

「私、お義母さんのお手伝いしてくるね」

お義母さんがキッチンに下がったところを見計らって、私も席を立った。

「手伝います」

初めて足を踏み入れた黒崎家のキッチン。お義母さんらしく整理整頓されていて、汚れのひとつもない。

「あらあら、いいのに」

「いえ、ぜひお手伝いさせてください！」

翔梧さんには悪いけれど、お義父さんと話をしているよりずっといい。

私はお義母さんの指示のまま、食材を切る。苦手だった料理の腕は少しずつ成長しているると自負しているので、この程度なら戸惑うことなく手伝いができる。

「何、作ってるの？」

急に声をかけられ振り向くと、結翔くんがキッチンに顔を出していた。家に来た時からいなかったので、今日は不在かと思っていた。なんとなくほっとする。

「今日はね、翔梧の好きなものをたくさん作ろうと思って」

「寿司とか出前にすればいいのに」

「翔梧たちと久しぶりに会ったから、気合い入っちゃったのよ」

メニューは素朴な和食だ。どれも家庭の味を感じられそうなメニューになっている。

私が一番苦手とする煮物料理もある。

「兄さん、母さんの筑前煮（ちくぜんに）好きだよね。茜さんも料理上手だよ」

「そうそう、この間結翔が急に泊まりにいった時、茜さんが出してくれるものはどれもおいしかったって言ってたわねえ」

「そんな！　私なんてまだまだです」

「そう？　つまみとか作ってくれておいしかったけど」

フォローなのか、結翔くんはやたら褒めてくれる。人一倍不器用な私はまだまだ練習中の身なので自信がない。料理教室に通おうかと思ったこともあったけれど、時間が取れないことと、翔梧さんに内緒で通えそうもなかったので断念した。

「じゃあ夕飯できたら教えて～」

結翔くんはそう言ってキッチンから出ていった。夕飯の時も結翔くんがいるなら、少しは緊張が和らぎそうでほっとした。私の中で彼はすっかり味方認定をしている。

お義母さんと二人きりのキッチン。コトコトと、お鍋からはいい匂いがしてくる。

翔梧さんはこれを食べて育ったんだなあと想像する。こんな料理を食卓で出せたなら、彼はもっと喜んでくれるのかな。

「お義母さん、あの、筑前煮のレシピを教えていただけませんか？」

「レシピを？」

お義母さんは目をまるくさせる。

「はい。こんなことを言ったら怒られてしまうかもしれないですけど私、本当は料理が苦手で……少しでも翔梧さんに喜んでもらいたいんです。お義母さんの味なら、翔梧さんももっと喜ぶかなと思って……」

「あの子だったら、茜さんが作るものならなんでも喜ぶんじゃない？」

もちろん、翔梧さんは私の料理に文句なんて言ったことはない。毎回おいしいおいしいと言ってきれいに平らげてくれる。

「喜んではくれるんですけど、いまいち自分の料理に自信がもてなくて……。それに、翔梧さんの育った味に少しでも近づきたいんです」

無意識に言葉に力がこもっていた。

「……わかったわ、今度ゆっくり教えてあげるわね。お父さんのいない日にでも来てくれたら練習しましょう」

「……ありがとうございます！」

お義母さんが優しくて涙が出そうになる。

「お父さんが厳しくてごめんなさいね」

「いえ、そんな。翔梧さんや会社のことを考えてのことでしょうし……」

「ああ見えて臆病だから、考えすぎちゃうのよね」

それはきっと、お義母さんにしかわからないことだ。

「きっとすぐに離婚なんて言わないと思うから、安心して」

「……はい。ありがとうございます」

とはいえ、翔梧さんと私の間でも契約が結ばれている。どちらにしても、子どもができなければ離婚になる。だから早く子どもをつくらなければいけないのは事実で、今日のこともあって焦る気持ちが膨れ上がっていた。

リビングに料理を運びにいくと、翔梧さんとお義父さんはまだある意味盛り上がっている。お義父さんが持ってきたのか分厚い経営の本がテーブルに積み重なっている。

「だから、早く産んで優秀な跡継ぎを育てなければいけないだろう」

「はいはい、わかってるって。何度も聞いたよ」

夕飯をテーブルに並べている間もお義父さんのお説教は続いており、翔梧さんが疲弊していた。

「プレッシャー与えすぎたらだめだと思うけどね、僕は」

「結翔」

夕飯ができた頃合いで、結翔くんがリビングへと顔を出す。

「僕がいい例じゃん」

「結翔……。お前、仕事はどうなんだ？」

お義父さんの矛先が結翔くんへ向く。それからは結翔くんとああだこうだの言い合いになったり、また私たちの話になったりとお義父さんは忙しそうだったけれど、その様子はどこか楽しそうにも見えた。

「これはいい酒だな」

そして私たちがお土産に持ってきたお酒を飲みはじめるとさらに上機嫌になり、息子たちに注がれるまま飲んでいたらいつの間にか眠ってしまった。今までのお義父さんの印象とはかなり異なっていて、少し驚いた。

結局、お義父さんは起きないままだったので、私たちは寝ている間に帰ることになった。お義母さんと結翔くんが玄関までお見送りにきてくれる。

「父さん、なんだかんだ楽しかったんだろうな」

翔梧さんは少しほっとした表情をしていた。

「そうね。家でみんなで食事をするのも、久しぶりだったから。喜んでいたと思うわ」

お義母さんの言葉に翔梧さんは困ったように笑った。

「そうだといいけどね」

「じゃあね。また行くよ」

結翔くんが手を振った。

「逆だろう。……まあ、また来いよ」

今日も結翔くんに何度か助けられた。翔梧さんもそれはわかっているはずなので、邪険にはできないみたいだった。

車に乗り込むと二人で大きく息を吐き、顔を見合わせて笑い合った。

「車で来て良かった。酒まで飲まされてたら、帰りが何時になるかわからなかったな」

「お義父さん飲みすぎてたもんね」

あの姿を思い出すと怖さが半減する気がした。お義父さんもきっと翔梧さんや結翔くんと話ができて楽しかったんだろう。

「……茜、大丈夫か？」

「うん。今日の姿を見て前よりも怖くなくなった。厳しい人だとは思ったけどね」

「頭が固すぎるんだよ。意固地にもなってる」

「お義母さんが、お義父さんは臆病だからって言ってたよ」

「まあ……心配してくれる気持ちはありがたいけどさ」

お義母さんの話を聞いたり酔いつぶれる姿を見たりして、お義父さんへの印象が少し変わっていた。私にはまだ親の気持ちはわからないけれど、翔梧さんを心配する気持ちがああいった態度に出ているのだと思うと、憎んだりはできない。

「焦ったら余計にだめかもしれないし、ゆっくりいこう。まだ三ヶ月あるから」

「……はい」

車が発進し、私たちの家に向かう。ようやく解放された気持ちになった。

「でも俺も仕事ばかりで、妊娠に対する知識が足りないかもしれない。ごめん」

「そんな、翔梧さんのせいじゃないよ。タイミングとかいろいろあるだろうし……」

とはいえ、なかなか子どもができないことに対しての焦りはある。お義父さんにあそこまで言われてしまうと特に。一方であれだけ執拗に急かされているのに、翔梧さんの態度が変わらないことを不思議に思った。

「ねえ翔梧さん」

「ん？」

「なかなか子どもができないのに、どうしてそんなに優しいの？」

私の役目は子どもを産むことなのに、翔梧さんはいつも優しい。お義父さんのように焦ってイライラしてもおかしくはないところなのに。

「……茜が大切だから、優しくするのは当然だろ？」

翔梧さんは前を向いたまま応える。私はその横顔をじっと見ていた。

「大切だから、無理もしてほしくない。父さんのことはストレスかもしれないけど、俺たちのペースでいきたいんだ」

「でも、二人の契約もあるから早くしないといけないよね」

「まあ……そうだね。契約は一年だけど、半年以内にできたほうがいいとは思う。でも、できないからって茜を責めたりしないよ。婚姻届を出す前に婦人科クリニックでブライダルチェックをして、二人とも問題はなかったし。ただ、ストレスは良くないらしいから気にしすぎずに。俺も早く仕事を軌道にのせて、茜との時間を増やすよ」

「……うん」

きっと誰も悪くはないし、授かるにはタイミングもある。

それでも、期限は刻々と近づくばかりだ。

家に帰るなり二人でソファに横たわる。拘束時間はさほど長くなかったはずなのに疲労感が激しい。明日が日曜日で良かった。いつまでもだらけてはいられないのでお風呂に入り、ようやくベッドにたどり着いた。

翔梧さんもかなり疲れているみたいだ。

頻度の減った今では毎週土曜日には身体を重ねていたけれど、今日は無理そうだ。

それはわかっているのに不安なのか、私は翔梧さんに抱きしめられたくなっていた。

「……今日は、しないの？」

初めて私から聞いたので、翔梧さんは驚きで目を見開く。

「疲れてるだろうなって思ったんだけど、どう？」

「私は、したいな……」

したいとはっきり言ったのも初めてのことだった。言ってから、こんなに恥ずかしいものだとは思わなかった。断られるかもしれない怖さもあった。

「あ、でも、翔梧さんが疲れてるなら大丈夫！」

「俺は大丈夫だよ。むしろうれしい」

疲れているはずなのに、翔梧さんは微笑んでくれる。ほっとして翔梧さんに抱きつくと、彼も私を強く抱きしめてくれる。

「早く、翔梧さんとの子どもが欲しいよ」

「俺との……？」

翔梧さんが呟き、自分の発言にハッとした。

私たちはもともと自分の子どもが欲しくて契約を結んだ。でも今の言い方だとまるで愛し合っている夫婦みたいだ。

「ご、ごめんなさい。そうじゃなくて――ン」

誤解を解こうとした時には唇を奪われた。ふれるだけの優しいキスではなくて、激しく呼吸を奪うようなキス。驚きつつも翔梧さんの情熱に、身体が熱くなる。

「しよう。俺も欲しい。茜との子ども」

翔梧さんの視線に胸がぎゅっと締めつけられる。

呆れられたり、引かれたりしなくて良かった。でも翔梧さんは優しいから私に合わせてくれているのかもしれない。また勘違いしそうになる気持ちをぐっと引き寄せる。

お互い疲れているはずなのに、甘く激しい行為は明け方まで続いた。

早く赤ちゃんが欲しい。

誰でもなく、翔梧さんとの子どもが。


二月も終わりに近づき春が間近に迫っているけれど、まだ風は冷たい。木曜日の仕事後、職場を出ると冷たい風に眉を寄せた。ジャケットを手繰り寄せ、家とは違う方向の電車に乗っていた。

翔梧さんはきっと今日も帰りは遅いだろうから、帰ってくるまでにいろいろと終わらせておけばバレることはない。

今日はお義母さんに料理を教えてもらう日だった。土日だとお義父さんは家にいることが多いらしいので、平日しか時間がない。そのため私は仕事を定時で上がって、まっすぐ翔梧さんの実家にお邪魔することになった。

普段は車なのでそれほど時間はかからないが、電車だと乗り継ぎがあったり駅からバスを使ったりするため、職場からは到着するまでに一時間ほどかかった。

「お邪魔します」

「どうぞ。父さんはいないから安心して」

緊張気味にインターホンを鳴らすと、出迎えてくれたのは結翔くんだった。

「結翔くんいたんだね」

「うん。茜さんが来るっていうから早く帰ってきた」

「え？」

「母さんと二人きりってのも気まずいでしょ？」

「結翔くん優しいね、ありがとう」

翔梧さんがいないとなると、一人でこの家に足を踏み入れるのはいつも以上に緊張する。でも結翔くんもいるし、お義母さんは優しいので怯(おび)えることはない。

「お義母さん、今日はよろしくお願いします！」

「わざわざ来てもらってありがとうね」

「いえ、教えてもらう立場ですから！　食材も買ってきました」

今日教わるのは、翔梧さんの好物の筑前煮。せめてものお礼に食材は私がすべて負担することになっていた。

「じゃあ時間もないし、さっそくはじめましょう」

「はい！」

気合いを入れて腕まくりをした。

あれからも翔梧さんとの関係は良好だ。仕事が忙しくて週に一度になっていた行為を、二度に増やした。生活習慣を見直して、排卵管理のアプリの話もした。自然に任せたいという気持ちはあっても、期限がある以上はできることをしたい。

あと三ヶ月なんて、今まで以上にきっとあっという間だ。

料理のことは妊娠とは無関係だけど、翔梧さんに喜んでほしい気持ちと、成長したという証が欲しかった。そうすれば、お義父さんの前でも堂々としていられる。

お義母さんに教わりながら、さっそく下準備をする。

「結翔くんは何するの？」

彼は何をするでもなくキッチンに立っている。

「僕は味見係。今日の夕飯にもなるしね」

「結翔が食べたいだけでしょう」

お義母さんが笑い、二人の仲の良さが伝わってくる。

それからは教えられるままに筑前煮を作った。お義母さんの手つきは料理慣れをしていて、すごく丁寧で細かい。私もそうしているつもりだったが、雑だったことに気づかされた。

一時間弱で完成して、さっそく食べてみる。私は帰ってから翔梧さんと夕食を取るので試食程度に。結翔くんたちはちゃんとした夕食になっていた。

「お義母さんの筑前煮とは、全然違いますね……」

教わりながら作ったものと、お義母さんが作った筑前煮を食べ比べると全然違った。

「うん、おいしいけど違うね」

結翔くんのはっきりとした発言が胸に刺さる。でもそのとおりだった。同じ作り方なのに全然違う味になり困惑する。

「どうしてかしらねえ」

お義母さんも首を傾げている。作り手によって味が変わるとはよく言われているけれど、実感したのは初めてだ。まったく同じにならなくても、もう少し近づきたい。

片づけを終えると七時半だった。ここから家までは一時間もかからないだろう。でも、そろそろ帰って夕飯の準備をしなければ。私が作った筑前煮はまだ翔梧さんには食べてほしくないから半分だけ持ち帰り、明日の自分のお弁当に入れることにした。

「茜さん、兄さんの昔の写真見る？」

「見たい！　あ、でもそろそろ帰らないと」

「それなら茜さんが次に来た時にまた出しましょう」

「いいんですか？」

教えてもらえるのは一度きりだと思っていたので、思わず興奮してしまった。するとお義母さんが笑う。

「ええ。茜さんもまだ納得できていないでしょう？」

「ありがとうございます！」

「どうせなら午後休とか使えば？」

「そうね。そのほうがゆっくり教えてあげられるわ」

結翔くんとお義母さんが協力態勢でいてくれるのがありがたい。

「じゃあ……来週の金曜日、フレックスで少し早めに上がります」

お義母さんの時間を何度も奪ってはいけないので、なるべく早く習得したい。レシピは教えてもらっているので、家でも練習してみることにした。

夜の十時になってようやく翔梧さんが帰宅した。

「翔梧さん、おかえりなさい！」

「……ただいま。茜、なんか元気だね」

「そうかな。翔梧さんは……なんか疲れてるね」

疲労が表情に出ている。顔色もあまり良くないように感じる。

「ああ、ちょっと仕事がね。今日はすぐ寝ていいかな」

「もちろん。お風呂入ってるからゆっくりして」

「悪いね、ありがとう」

翔梧さんはふらふらと洗面所へ向かった。

急いで作った夕飯は、明日の朝にまわすことにした。

キッチンを片づけお風呂に入って寝室に行くと、翔梧さんはすでに眠っていた。本当に疲れていたんだろう。こんな翔梧さんを見たのは初めてなので、心配で胸が痛む。

きっと成績一位を獲るために奔走しているんだろう。

今の私にできるのは、ここを居心地のいい家にすること。少しでも快適な空間を作るのが、仕事を頑張っている翔梧さんにしてあげられることだ。

熟睡している翔梧さんの頬にキスをして、私も眠りについた。

第八章　嫉妬と衝動

次の週の金曜日、会社を早上がりしてまた翔梧さんの実家にお邪魔していた。今日も筑前煮を作っている。完成した頃には結翔くんも帰ってきて、三人で試食会だ。

「……惜しいけど、なんか違う」

「まるで実験だね」

「なんで同じレシピなのに、こんなに違うんだろう」

「やっぱ作ってる人が違うからじゃない？　それより写真見ようよ」

「うん……」

どうしてもお義母さんのような味にならないのは、経験の差などいろいろ要因はあるんだと思う。私は私の味を作ればいいとはわかっているけれど、悔しくて諦めたくなかった。

落ち込んでいると結翔くんが分厚いアルバムを持ってきてくれた。さっそく開くと小さい男の子の写真がいくつもあった。

「この子、翔梧さん？　可愛い」

「小さい頃はよく、女の子に間違えられたりしてたのよ」

「これは結翔くんかな。結翔くんも可愛い」

翔梧さんよりもさらに女の子っぽい顔立ちをしている。服が違えば、きっと女の子だと勘違いしてしまっただろう。

「僕の写真はもういいから！」

結翔くんは自分の写真になるとそれを手で隠して、素早く次のページをめくってしまう。小さな子どもだった男の子が、ページをめくるごとに成長して男の人に変わっていく。翔梧さんの成長の過程を見られるのがうれしくて、時間も忘れ夢中になった。

「これは、翔梧が黒崎グループに入社した時の写真ね」

「……すごくかっこいいですね」

少し若いくらいで、今とほとんど変わらない。顔つきは、きりっとしていて男らしい。自分の会社にこんな人がいたら、きっと好きになってしまう。子どものことがなければ、私は翔梧さんの視界にすら入らなかっただろうけれど……例えば彼が御曹司ではなく普通の会社員だったら、普通の恋愛ができていただろうか。なんて、考えても無駄なことが頭を過ぎる。

今はただの契約の関係。一緒にいられるのは、契約だから。

そう考えるとキリキリ胸が痛む。

「なんだか娘ができたみたいで、うれしいわ」

お義母さんのはしゃいだ声に、アルバムから顔を上げる。

「私、本当は娘も欲しかったのだけど、お父さんが跡継ぎの二人がいれば充分だって言うものだから」

「それ、息子の前で話すこと？」

「あら、ごめんなさいね」

お義母さんは話せば話すほど、素敵な人だ。お義父さんがいるとお義父さんを立てる控えめな女性という印象だった。でも、話してみるとお茶目なところがあってとても可愛いらしい。もしもお義母さんにまで責められていたら、私は翔梧さんとの契約を諦めていたかもしれない。

「私も、お義母さんが優しいので救われてます」

「僕は？」

「結翔くんも、最初は怖いなって感じたけど今はいい人だなって思ってるよ」

「いい人ねえ」

三人で笑い合った。

翔梧さんのためにも、もっと頑張らないと。家事全般や、仕事のこと。

それから、子どものことも。

「あ、もうこんな時間！」

今日は四時上がりで翔梧さんの実家に来たが、料理を終えて写真を見ていたらもう八時をまわっていた。最近、翔梧さんは帰りが遅いので間に合うだろうけれど、夕飯の支度などをしていたらすぐに帰ってきてしまう。

「車で送るよ」

「結翔くんありがとう。お義母さんも、ありがとうございました。もっと練習してみます」

「また来てね」

温かい言葉に頭を下げ、結翔くんの車に乗った。

電車よりも車のほうが早く、一時間もかからず家の前に着いた。降りようとシートベルトを外す。

「結翔くん、送ってくれてありがとね。助かった」

「……茜さん、一人で頑張りすぎじゃない？」

「そんなことないよ。翔梧さんもお仕事頑張ってるし、私なんかまだまだ……」

「ほら、そういうとこだよ」

「え？」

結翔くんが何を言いたいのかわからなくてじっと見つめると、突然身体を引き寄せられた。どうしてか結翔くんに抱きしめられている。

「ゆ、結翔くん？」

名前を呼んでも反応がなくて、混乱していた。控えめに背中に添えられる手にどうしたらいいかわからない。

ドン、とドアが叩かれる音がしてびくりと身体を震わせ、結翔くんが離れていった。顔を上げると、運転席の外に人が立っているのが見えた。

「……おい」

低い声が響き結翔くんが窓を開ける。そこには翔梧さんが立っていた。

「兄さん、おかえり」

「結翔、俺の妻に何してる？」

翔梧さんは明らかに怒っている。私は慌てて車を降りて、翔梧さんに駆け寄った。

「翔梧さん、結翔くんは励ましてくれて」

「茜は黙ってて」

低く硬い声が響く。こんなに怒っている翔梧さんを見るのは初めてで、口をつぐむしかなかった。

「結翔、何か言ったらどうなんだ」

「……兄さんがわかってないからだろ。もっと茜さんのこと見てあげなよ」

「え？」

「僕は謝らないから。じゃあね、茜さん」

それだけ言うと、結翔くんは車を走らせ去ってしまう。翔梧さんは車が見えなくなるまで睨んでいた。

「ごめんなさい、翔梧さん、あの」

「いいから、早く家に入ろう」

強い力で腰を押され、ふらつきながら翔梧さんについていく。

「翔梧さん、今日はいつもより早かったね」

「……だめだった？」

家に帰っても翔梧さんは黙ったままで、空気が重かった。だからそれを変えようと玄関先でなにげなく聞いたのだけれど、それは彼の逆鱗（げきりん）にふれてしまったようだ。

「そんなことないよ。私が遅くなったのが悪いんだし」

「何してたの?」

「えっと、あの」

翔梧さんは何に対して、こんなに怒っているんだろう。

私が勝手に外出していたこと? 結翔くんと会ったこと? 結翔くんに抱きしめられていたこと?

どれも、翔梧さんなら怒ることがなさそうなのに。

私が言いあぐねていると翔梧さんが私の腕を掴み、壁に押しつけた。わずかな痛みに眉根を寄せる。

「翔梧さん……んっ」

壁に手を押しつけられたまま、唇が重なった。ぶつかるような激しいキスにぎゅっと目を閉じる。唇を開かされ、深いキスに変わっていく。

突然のことに抵抗しようにも、彼に手を掴まれていてどうにもできない。呼吸を奪う荒々しくもいやらしいキスに、戸惑い以上に翻弄されてしまう。やがて翔梧さんの手が離れていき解放されたのに、今度はキスの余韻で身体に力が入らなくなってしまった。腰を支えられていなければ、床にへたりこんでいたところだ。

「このまま抱きたい」

耳元に吹きかけられる吐息にぞくりと背筋が震える。

翔梧さんは冗談でこんなことは言わない。

「待って。帰ってきたばかりだし、シャワーとか」

「待てない。ここでしたい」

玄関先の廊下で？

想像してみたけれど、さすがにそれは無理だと思った。

「せめて、ベッドに！」

「……ああ、わかったよ」

「きゃあっ！」

身体全体を持ち上げられ、姫抱きにされている。

この歳で、こんな格好恥ずかしい！

「やだ、翔梧さんっ」

「暴れないで、危ない」

強い口調で言われて黙るしかなかった。

翔梧さんは私を姫抱きにしたままベッドに運び、スーツのジャケットを乱暴に脱いでネクタイを緩める。普段落ち着いている彼の荒々しい姿に鼓動が激しく鳴る。

ぎし、と軋む音と共に翔梧さんがベッドに乗り上げ、私に覆いかぶさってくる。

「ん」

すぐに唇が重なり、キスをしながら服を脱がされていく。これほど性急な翔梧さんは初めてで戸惑う。

「翔梧さん、どうしたの……？」

契約上の行為なのに、翔梧さんらしくない行動。

「……わからない？」

「えっ……」

翔梧さんの顔は笑っているようで、全然笑っていない。どこか苦しそうで不安げな表情。

私、何をしてしまったんだろう。彼にこんな顔をさせるなんて。

原因は結翔くんとのことである可能性が高い。わかることはただそれだけだった。

先ほどのキスで熱くなった身体は、翔梧さんの手がふれるたびにぴくりと反応する。

何度も重ねた行為に、翔梧さんは私の身体を熟知しているようだった。

彼が怒った理由を考える余裕もなくなるほど、私は翔梧さんに激しく求められた。

目を覚ますと隣に翔梧さんはいなくて、ベッドには一人だった。

ゆっくり起き上がって時間を確認すると、朝の八時。土曜日だからゆっくりできるけれど朝食の準備をしておきたくて起き上がった。洗面所を経由してからリビングへ行くと、翔梧さんがキッチンに立っていた。

「翔梧さん、おはよう」

「おはよう。……昨日はごめん」

「ううん。私こそごめんなさい」

契約上は翔梧さんの妻なのだから、結翔くんに抱きしめられたのはいけないことだった。とはいえ翔梧さんがあれほど怒るとは思わなかった。

「茜、座って。話がしたい」

言われたとおりソファに座ると翔梧さんがコーヒーを淹れてくれた。甘いカフェオレの香りがほっとする。

「朝食も作ってくれてたの？」

「うん、最近は茜に任せっきりだったしね」

翔梧さんも私の隣に座る。

「茜、俺に隠してることあるだろ？」

ドキッとした。

隠していることといえば、一つしかない。それを今、聞くということは、それが翔梧さんを怒らせた理由なんだろう。私がこそこそと隠れて彼の実家に行っていたこと。

「教えてほしい。どんなことでもいいから」

翔梧さんはまっすぐ私を見ている。その表情はどこか不安げで、私は彼にそんな顔をさせたくなかった。恥ずかしいけれど、白状するしかない。

「……実は、お義母さんにお料理を教わってました」

「……どういうこと？」

翔梧さんが目を見開いた。

「そのままの意味です。私、本当は料理が苦手で。なんとか普通のものは作れるかなって思ってはいたけど、自信は全然なかったの。だからお義母さんの味を真似したら、翔梧さんも喜んでくれて、妻として自信をもてるかと思って……ごめんなさい」

頭を下げてから翔梧さんを見ると、呆気にとられた表情をしていた。

「え？　俺は茜の作ってくれる料理が好きだよ？」

「ありがとう。でも私はそんな自分が嫌だったの」

翔梧さんならそう言ってくれると思っていた。だけどそれでは、私は妻として成長しない。妻のプライドというやつだ。

「……そう。そういうことか」

翔梧さんは俯き、大きく息を吐いた。

「黙っていてごめんなさい」

翔梧さんに頭を下げる。でも翔梧さんは首を横に振った。

「……っ、いや、そういう理由なら良かった。俺はてっきり結翔と何かあったんじゃないかと」

今度は私が目をまるくする。

「何か、って？」

「……結翔を好きになったとか」

「えっ、そんなわけないよ！」

突拍子もない話に声を上げる。結翔くんを好きになるなんて、あり得ない。契約上の関係だとしても、私には翔梧さんがいるのだから。

「でも抱き合ってたじゃないか」

「あれは私もびっくりして……。帰りが遅くなったので、結翔くんが車で送ってくれたの。それで帰り際に、励ましてくれようとしたみたい」

あの行動は今でも理解できていない。ただ単に、励ましてくれるためのハグだったのだと思いたいけれど。

「……そうか。そのあたりは結翔に確認したほうが良さそうだな」

「結翔くんがしたことで、あんなに怒ってたの？」

翔梧さんはすぐに頷いた。

「ああ。……嫉妬したみたいだね」

……翔梧さんが、私に？

彼のような大人の男性の口から嫉妬という言葉が出てきたことに、衝撃を受けた。しかも私は契約のうえ結婚した相手。そんな私に嫉妬だなんて、まるで愛で結ばれた二人のようではないかと胸が締めつけられる。ただ一方で、昨夜の翔梧さんの強い衝動を考えると、それは納得できる答えでもあった。私だって翔梧さんが誰かと抱き合っていたら、嫉妬してしまいそうだ。

でも、翔梧さんと嫉妬という言葉はなかなか結びつかない。

「何、その顔？」

「……信じられなくて」

「茜は俺の妻だろう？」

「うん、そうだよ」

それは紛れもない事実。たとえ愛情がない夫婦だとしても。

「だからだよ」

「……そ、っか」

いまいち理解できないまま曖昧に頷いた。

「でも良かった。結翔と何もなくて……いや、あったことにはあったけど」

翔梧さんは独り言のように呟いている。

私は翔梧さんと話をしたことによって、怒らせてしまったという不安が解消されて急にお腹が減ってくる。いい匂いもしているし、久しぶりに翔梧さんが作ってくれた朝食が気になる。

「朝ご飯、食べようか？」

「安心したらまた抱きたくなった」

「ええっ」

昨日あんなに激しく何度もしたので、今夜はもうしないと思っていた。夜しないどころか、朝にもう一度するなんて想定外だ。

「朝ご飯は……」

「後で温め直そう」

翔梧さんは微笑み、私の手からマグカップを奪ってテーブルに置く。そのまま手を握り、立ち上がるとベッドルームへ引っ張られた。

昨日から、翔梧さんは少し強引だ。

「朝なのにするの？」

「昨日酷くしたから、今日は一日中、めいっぱい優しくしたい。だめ？」

その聞き方は昨日とのギャップがありすぎる。

「酷くはなかったよ？」

衝動的で驚きはしたけれど、手つきはいつもの翔梧さんと変わらず優しかった。

「……茜はああいうのが好み？」

「そ、そんなことない！」

「顔赤くて可愛い」

ついさっきまで寝ていたベッドの上に押し倒され、キスが降ってくる。朝食を食べるつもりだったのに、翔梧さんにキスをされると気持ちが良くて何も考えられなくなる。彼はそのことをわかっているかのように、何度も繰り返しキスをする。

私はすっかり朝食どころではなくなってしまった。

「……そろそろ腹減ったね」

朝から何度か甘く抱かれ、私は身体に力が入らないくらいぐったりとベッドに身を預ける。

「茜、ごめん」

「お腹減ったよ……」

あれから長い時間抱き合っていたので、きっとお昼近くになっているはずだ。それほどの間、翔梧さんは私を離してくれなかった。

「シャワー浴びてから食べよう。俺も一緒に入って支えるから」

「大丈夫！　一人で入れるから！」

支えてほしいという気持ちと、一緒にシャワーを浴びるなんて無理だという気持ちがせめぎ合った結果、後者が勝った。私は最後の力を込めてのそりと起き上がる。先に起き上がった翔梧さんは水と着替えを持ってきてくれた。

「茜、また俺の実家に行く予定？」

「……行きたいな。だめ？」

お義母さんの味はまだ再現できていない。このまま一人で試行錯誤するのもいいけれど、それならせめて最後にもう一度、お義母さんの筑前煮が食べたい。

「俺も一緒じゃだめかな」

「うーん……」

翔梧さんの実家なので彼がいても問題はない。しかも家に行っていたこともその理由もバレてしまったので、今さら隠す必要もない。ただ、過程はあまり見られたくないし、何より腕を上げて翔梧さんを驚かせたかった。

「わかった。それならせめて、結翔の車では帰ってこないでほしい。連絡くれたら迎えにいくから」

私が難色を示していたら、翔梧さんが妥協案を出してくれた。

「うん、わかった。心配かけてごめんね」

「心配っていうか、うん……まあそうだね」

歯切れの悪い翔梧さんをじっと見つめる。

昨夜、嫉妬をしたと言っていた翔梧さんの表情や言動を思い返す。別人のような翔梧さんは少し怖くて、衝動をぶつけてくるわりには優しくて混乱した。私がちょっと結翔くんに抱きしめられただけで、あんなに動揺するとは思わなかった。

もしかして私に対して、契約の妻以上の感情があったりするのかと期待したくなる。

そんなことを考えていたら、お腹がきゅうと鳴った。私は慌ててベッドルームを出る。

「じゃあシャワー浴びてくるね」

「うん。朝食準備しておくよ」

お腹の音はちゃんと聞こえていたらしく、翔梧さんに笑われてしまった。


今日はきちんと翔梧さんに話をしてから、彼の実家に来ている。

翔梧さんは私の作るご飯がいいと言ってくれたけれど、私は納得がいかなかった。

それに、腕を磨いて彼を驚かせたいという気持ちも強い。

「これは、お義母さんの味と似てますね！」

「ホントだ、おいしい」

結翔くんも認めてくれる味だ。まったく同じとはいかなくても、ここまで近づけられたなら充分だ。正直なところ前回とまったく同じことをしたので、なんで味が変わっているか理解はできていない。そして一人で作ったところで、またこの味を出せるかもわからない。でも一度完成したことで私は満足した。

「お義母さん、ありがとうございました。結翔くんも味見係ありがとう」

「翔梧、喜ぶといいわね」

お義母さんは穏やかに微笑む。

「……茜さん、この前大丈夫だった？」

「うん。なんか誤解してたみたいで、話したら大丈夫だったよ」

「そっか。何も言ってこないのが逆に怖いんだよな……」

結翔くんはぶつぶつと呟く。あの日どうして抱きしめたのかと聞くことはできなかった。

今日も仕事を早上がりして時間があるので、筑前煮のほかにもいくつか定番の料理を教えてもらった。そしてまだ時間に余裕のあるうちに、家に帰ることにした。

「お義母さん、これ今までのお礼です」

「あら」

私はお義母さんが好きだというキムチを用意していた。お義母さんと話をしていくうちに、彼女が辛党だということを知ったのだ。『翔梧やお父さんたちは甘党なのでこっそり食べてるのよ』と私にだけ話してくれた時にはうれしくなった。

「ありがとう、うれしいわ。でも娘なんだから気にしなくていいのよ」

「……ありがとうございます。お義母さん」

お義母さんのおかげでまた一つ自信をつけることができた。

「母さんにしては、めずらしく茜さんを気に入ってるね」

「……そうなんですか？」

優しくて穏やかなお義母さんなら、どんな女性が来ても大丈夫そうなのに。

「そうね。こう見えて息子のお嫁さんにはうるさいのよ」

「そんなふうには見えませんでした。最初から優しくしていただいていたので」

「……茜さんが昔の自分のように見えたのよ。私も似たような状況だったから」

「お義母さんもですか？」

意外な言葉に身を乗り出す。

「ええ。私の場合は実家が大きくて、愛も何もない政略結婚だったの。今となってはこれで良かったと思ってるし、お父さんのことも好きよ。でも当時は抵抗できない自分が悔しかった。だから反対に、翔梧と一緒になろうという茜さんの強い意志を応援したくなったのよ」

「そんなことがあったんですか」

てっきり翔梧さんのご両親は順調な結婚だったのだと思い込んでいた。お義母さんが抱えていた思いを想像するとやり切れない。

「茜さんは、今まで翔梧とお見合いをしてもらった女性とは違ったの」

「そんな、私なんか普通です。だからお義父さんにも反対されていますし」

「〝普通〟は悪いことではないわ。自信をもって。あなたが地位やお金目当てでないのは、すぐにわかったわ。それなのに挨拶に来てくれた日に、何もフォローができなくてごめんなさい。私はあの人に長年寄り添ってきて、私なりにあの人を信じてるの。時間はかかるけれど、見定める目はたしかだわ。茜さんのことも絶対に認めてくれるはずだから、諦めずにいてほしい」

「……はい。ありがとうございます。今日は、お義母さんの気持ちを知ることができただけで充分です」

お義母さんの心の内を聞けて良かった。あれだけお義父さんが反対しているのにお義母さんが優しくしてくれる理由がわからなかったので、納得だった。

ただ、お義母さんと私とは立場も状況も全然違う。そのうえ、私たちの婚姻は偽りの関係なのだ。

「これからも翔梧のことよろしくね」

「はい。こちらこそよろしくお願いします」

でも、翔梧さんのことを支えたいという気持ちは本物だ。

私は心を込めて、深く頭を下げた。

お義母さんの過去やその思いを聞いてしまうと、罪悪感でほんのわずかに胸が痛む。

翔梧さんと私は契約の関係でしかない。ただ、契約を結んだだけに二人の意志が固いことに嘘はない。……とはいえ、そこにお義母さんの言うような愛はない。

「……政略結婚ってそれ、息子の前でする話かなあ」

「いいでしょう、別に。今は愛のある普通の夫婦なんだから」

「愛って……」

結翔くんは気まずそうにしていた。

お見合いで出会い政略結婚で結ばれた二人でも、愛が生まれていることを私は羨ましく感じた。結婚なんて向いていない。子どもさえいればいい。それ以上のことは、望んでなかったはずなのに。

「次は、翔梧さんと一緒にお邪魔します」

「そうね。また来てちょうだい」

お義母さんに頭を下げて家を出ると、玄関脇に結翔くんが立っていた。

「茜さん、車で送るよ」

結翔くんの親切はうれしいけれど、今回は甘えられない。

「ううん、今日は大丈夫。ありがとう。また翔梧さんと来るね」

「……うん。また」

翔梧さんに言われていたことなので、結翔くんの厚意は丁寧に断った。この時間ならきっと、翔梧さんはまだ仕事中だろう。予定よりも早く帰路につけたので、彼には一人で帰るとメッセージを入れておいた。

今日は筑前煮のほかにもいろいろ作り、全部持ち帰ってきたので翔梧さんに振る舞うことができる。彼を驚かせるために準備がしたかった。

スーパーで買いものを終えドラッグストアにも寄る。なくなりそうになっていた洗剤を手に取り、ふと考えた。

そうだ。そろそろ買ってみようかな。

今月はまだ生理が来ていない。アプリで確認すると、予定日からすでに一週間が過ぎている。調べるのが早すぎるとちゃんとした結果が出ないというから、モヤモヤしながら一日一日を過ごしていた。期待と不安を胸に、妊娠検査薬に手を伸ばした。

家に帰って、緊張しながらさっそく検査をすることにした。

買ってしまったらもう、早く結果が知りたくなっていた。結婚してから何度も身体を重ねてきて三ヶ月以上何もなかったので、どうせ生理が遅れているだけだろうという気持ちもあった。

「……陽性」

トイレの中で、ぽつりと呟く。

最初は信じられなくて何度も見返した。でも一度出た結果は変わらない。

「やったぁ……」

涙が込み上げてくる。

この感情をどうしたらいいかわからなくて、私はただ何度も陽性の印を見ては感動に身を震わせていた。

待ちに待った赤ちゃんがようやく来てくれた。

早く翔梧さんに会いたくてたまらない。

すぐに連絡をしたい衝動を抑えながら、料理をテーブルに並べていく。今日は二人のお祝いの日にもなる。だからもともと準備していた料理に加えて、家にある材料を使いアップルパイを作った。この家に来てからは家庭料理をマスターすることが優先になっていたので、スイーツ作りどころではなかった。けれど、甘いものが好きだというのは、二人の大きな共通点だ。それどころじゃなかったなんて、余裕がなかった証拠だ。

翔梧さんが帰ってくる時間は事前に連絡が来ていたので、数分おきに時計を確認してはそわそわと彼を待つ。

玄関の音を聞いて、足早に出迎えた。

「翔梧さん、おかえりなさい！」

「ただいま。実家はどうだった？」

私は笑顔で応える。

「なんかご機嫌だね。後で教えて」

リビングに入ると、翔梧さんはすぐにテーブルに並べられたたくさんの料理に気づく。

「今日はずいぶん豪勢だね。本当に何かあった？」

「お義母さんに教わっていた料理がついに、求めていたいい感じの味になったの！」

「……そうか。茜、頑張ったんだな。それは食べるのが楽しみだよ」

翔梧さんは目を細め、優しい眼差しを向けてくれる。

「それにデザートもあるよ」

「本当に？　うれしいな。今日はいい日だね」

私は笑顔で頷いた。

それから、子どももできたんだよ。でもそれはまた後で落ち着いてから報告したい。

「翔梧さん、お風呂を先にする？　それともご飯……」

「先に食べようかな。せっかく用意してくれてるしね」

私は頷き、温め終えた料理を並べ、炊き立てのご飯をよそった。いつものようにソファに並んで座り、箸を手に取る。

「筑前煮がある」

翔梧さんはうれしそうに微笑む。

「食べてみて！」

さっそく筑前煮に箸をつけてくれる翔梧さんを、じっと見つめる。

「……うまい。母さんの味だね」

「だよね!?　良かった……」

何せ翔梧さんの弟である結翔くんからもお墨つきをもらっているので自信もある。

でも一番食べてもらいたかった翔梧さんに認められてこそだ。私はようやく心から安堵することができた。おいしそうに食べてくれる翔梧さんを見ていると、一仕事終えたような達成感で心が満ちる。

「茜」

翔梧さんが箸を置いて、まっすぐ私を見つめた。

「前にも言ったけど、俺は茜の味が好きだよ。母さんの味を再現しようとしてくれたのはうれしいけど、俺は茜が頑張って料理を作ってくれる気持ちのほうがうれしいってことは、わかっていてほしい」

建前や遠慮やお世辞ではなく、翔梧さんの本音が伝わってくる。私のしたことはエゴだったとわかっているけれど、無理やりやめさせることをしなかった翔梧さんには感謝していた。

「それに、最近苦手だって言ってた片づけも、頑張ってくれてるだろう？」

「気づいてた？」

「もちろん。どこを見てもきれいに整頓されてるよ。それだけじゃなくて花とか観葉植物とかも増えてるし、一人暮らしをしてた時よりも、この家にいるとほっとして居心地がいい。そういう環境を作ってくれてるんだなってわかる」

私がいろんな雑誌を見て家の環境作りをしてきたことも、彼は気づいてくれていた。何せ片づけが下手なので、これでいいのかなと不安だった整理整頓についても褒めてくれたので、うれしさが倍増する。

「……何より、茜がいてくれるだけで俺は頑張れる。一人で頑張ろうとして、無理はしないでほしい」

「でも、翔梧さんに相応しい妻になるにはもっと勉強をしないと」

無理をしていた自覚はないけれど、翔梧さんに相応しい妻になろうと毎日躍起になっていた。料理はレパートリーが増え、片づけも少しはできるようになった。翔梧さんの業界のこともちょっとは理解できてきたし、お義母さんや結翔くんにも認められた気がする。でも、まだまだ足りないと思っている。

「相応しいも何も、俺の妻は茜しかいない。でも茜が不安なら、一つずつ解消していこう。今は何が不安？」

「……子どもが……」

　できないことが一番不安だった。

　プレッシャーに押しつぶされない代わりにほかのことを頑張っていた節（ふし）もある。頭でいくら勉強をしても、授かりものはいつ来てくれるかわからない。漠然とした不安は私をじわじわと追い詰めていた。

「子どもか……。そうだね、現段階で考えるのはまだ早いかもしれないけど、不妊治療をするという選択肢もあるよ。ごめん、俺が甘くみていたのかもしれない。排卵日は俺も気にするようにするし、まだ方法はある」

私は首を横に振った。

「……翔梧さん、話があるの」

「ん？」

私の真剣な表情に何かを察したのか、表情が硬くなる。

こんなこと経験がないので、どう報告したらいいかわからない。

「……子どもが、できました」

悩んだ末に、ストレートに言葉にした。

「……え、本当に？」

翔梧さんはしばらく黙った後に声を上げた。

「うん。生理が遅れていたので念のため検査してみたら、陽性になっていて。だからさっき、私の不安は解消されたの」

彼の温かい手が私の手をぎゅっと包む。

「……そうか。ありがとう、うれしいよ。なんて言ったらいいかわからないほど、感動してる」

翔梧さんが目頭を押さえる。もしかして、泣いてる？

「……翔梧さん」

また新たな翔梧さんの表情を見ることができた。もっとじっと見つめていたいのに、私の瞳も涙が滲み、視界が歪む。

身体を優しく引き寄せられ、強く抱きしめられた。

「茜、本当にありがとう。大事に育てていこう」

「私こそ……ありがとう」

翔梧さんの体温を感じていると、その幸福感に涙が出そうになる。

三ヶ月以上かかって、やっと契約を果たすことができた。

ようやくスタートラインに立てたような、そんな気持ちだった。

第九章　力になりたい

翌日、翔梧さんと一緒にレディースクリニックを受診すると、無事妊娠していた。

今は妊娠二ヶ月目で、出産予定は十一月中旬らしく、翔梧さんと顔を見合わせて控えめに喜び合った。春を目前にして、私たちには一足早く桜が咲いた。

その足でお互いの実家へ報告しにいった。私の両親はもちろん喜んでくれたけれど、問題は翔梧さんのお父さんだ。

お義父さんに会う時はやっぱり緊張する。

「おめでとう、良かったわねえ。ついに私もおばあちゃんかしら」

お義母さんは予想どおり喜んでくれた。

報告の間ずっと黙っていたお義父さんの顔色を窺う。その表情は、いつもと変わらず厳しいままだ。

「……優秀な子どもが生まれてくるといいがな。あとは翔梧の仕事次第だ」

「まったく素直じゃないなあ」

「なっ……」

翔梧さんがからかうように言うと、お義父さんは途端に慌てだす。私はつい笑ってしまった。

「まだ認めたわけではないぞ」

お義父さんの厳しい声も、さっきの反応を見ていたら可愛いとさえ思ってしまう。口元が緩むのを我慢する。

「はい、気を引き締めてまいります」

姿勢を正し、お義父さんを見つめる。

「……顔つきが変わったな」

お義父さんがぽつりと呟く。その言葉がいい意味であると思いたい。

「茜も努力してくれているし、変わったよ。父さん、というわけで俺と茜は離婚しないから。仕事は絶対に成果をだしてみせるから安心してよ」

お義父さんは黙ったままだ。納得したいようなしたくないような、複雑な気持ちが垣間見える。私の変化も少しはわかってくれたような気がしたけれど、もう一歩というところかもしれない。

「今日は報告だけだからもう行くよ。これからのことを茜と話し合いたいし」

「ああ、わかった」

客間を出ると、玄関先に結翔くんが立っていた。

「結翔くん」

「おめでとう」

「……ありがとね」

微笑むと結翔くんはなぜか目をそらした。

「結翔、今度ゆっくり話がある」

結翔くんは頷きつつ翔梧さんからも目をそらした。話しているうちに玄関先にお義母さんも見送りに来てくれて、挨拶をして家を出た。


無事報告を終えて家に帰る途中、本屋に寄る。そして出産についての本を、これでもかというほど購入した。二人ともおおいに浮かれている気がする。

家に帰ると、今日はお祝いということで翔梧さんが夕飯を作ってくれた。昨日のお返しと言わんばかりに、私の好物でテーブルが埋め尽くされる。

アボカドサラダに温野菜、メインはトマトパスタとクリームパスタの豪華な二種類にバゲット。私が、パスタが好物だと言ったら二種類も作ってくれた。どちらのソースも手作りで本格的なので、お店にいるような気分になる。

「おいしい……。イタリア料理屋さんに来てるみたい」

「言いすぎだって」

「そんなことないよ。すごくおいしい」

「良かった。作りすぎたからたくさん食べて」

言われなくても、さっきから手が止まらない。きっとこれからは当分の間、赤ちゃんのために食べるものを厳選するようになるはず。今日はチートデイとばかりに好きなものを好きなだけ食べることにした。

「俺、これからは家で仕事をする時間を増やそうと思うんだ」

「大丈夫なの？」

「最近はリモートも増えてるし、もともとそうしたいって思ってたんだ。重要な会議が多いから踏ん切りがつかなかったけど、これからはさらに茜とこの子を優先して考えないとね」

翔梧さんとの時間が増えるのは安心するけれど、懸念点はある。

「でも、そうするともう一つの条件が」

黒崎商事の企業成績一位。それこそ大変そうだ。翔梧さん一人の努力ではなく社員をより一層、しっかり統率する必要があるだろう。

「問題ない、と言いたいところなんだけど、社内でちょっといざこざがあってね」

「そうだったの？」

「方針変更による管理職からの苦情とかね。でもなんとかするから安心して」

翔梧さんは微笑むけれど、夜遅くまで仕事をしていることを思うと安心できない。彼の仕事ぶりは信頼していても、組織に関してはそれだけでは済まないことだってあるだろう。

「あの、私にできることは限られてるかもしれないけど、何かあったら言ってね」

「ありがとう。茜は俺のそばにいて、俺の話を聞いてくれるだけでうれしいよ」

仕事関係のことは、翔梧さんは黙って一人で解決してしまいそうだ。

今の私にできるのは、引き続き家での生活を穏やかなものにすること。家にいるだけで仕事の疲れが癒やされるような時間を、彼に過ごしてもらえるようにしたい。今でも快適さには自信はあるので、これからはもっと私の存在が翔梧さんの負担にならないようにしていきたい。

キッチンの片づけとお風呂を終えて、ベッドにもぐりこむ。先にお風呂を済ませていた翔梧さんは、ベッドで難しそうな本を読んでいた。

いつもだったら土曜日の夜は翔梧さんとの〝夜の時間〟としていたけれど、妊娠した今、それはもう必要なくなった。寂しさを感じないわけではないが、必要のない行為を彼にせがむほど積極的にはなれない。

「翔梧さん、おやすみなさい」

「ああ、おやすみ」

翔梧さんはまだ本を読んでいるので、物足りなさを感じつつも目を閉じた。

その数分後、本を閉じる音が聞こえてスタンドライトが消え部屋が真っ暗になった。がさごそと翔梧さんが布団にもぐる音が聞こえてくる。

「……そうか。茜とはもうしばらくできないんだな」

彼もその事実に気づいたらしく、独り言のようにぽつりと呟く。

「……そうだよ」

「あれ、起きてたんだ」

どうやら本当に独り言だったらしい。目を開けると翔梧さんに引き寄せられ、腕枕をしてくれる。

「でもさ、子どものためには夫婦仲が良くないといけないよな」

「それは、私もそう思うよ」

子どもが生まれたら、私と翔梧さんのことはどう伝えればいいのだろう。自分の両親が愛のない、子孫を残すためだけの結婚をしているのだと知ったら、きっと傷つく。

できることなら翔梧さんと心から愛し合いたかった。

「キスはしたほうがいいね」

「……そう、かもね」

仲の良さにもいろいろ種類はあると思うけれど、異論はない。

翔梧さんは優しく微笑み、唇が重なる。

私との条件は達成したので必要のない行為なのに、キスはいつまでもやむ気配がない。彼の手が頬を包み、ふれるキスはやがて深くなっていく。

「あの、翔梧さん……」

想像よりも淫(みだ)らなキスに身体が熱くなり、そっと彼を押し返す。

「そんな顔されたら、我慢するのが大変だな」

もう一度だけ軽く唇がふれて、翔梧さんは「寝ようか」と囁いた。

本当だったら、もうないはずの甘い時間。それを少しの間だけでも与えられた私は、さっき一瞬頭に浮かんだ不安も、すぐに忘れ去ってしまった。

社長室で社員の業務量や残業時間を確認し、重いため息を吐いた。

父を無理やり説得し、茜と結婚して三ヶ月が経過している。

条件を出された直後には経営戦略を再構築し、株主に文句を言われない程度に進めてきた。

自ら動いて売上を伸ばしてきたが、経営企画部や営業部を回っていると俺が面倒を見てきた部下たちが心配し、率先して業務を背負ってくれるようになった。しかしそれは本意ではなかったので、正直に事情を話して手出しは無用と伝えた。呆れられると思った。けれど彼らは「そういうことなら！」とさらに協力をしてくれるようになった。一気に売上は増えたが、同時に彼らの残業時間も倍増している。本来であれば一年を通して経営戦略を達成するところが半分にも満たない期間になったとすれば、無理が出るのは仕方がない。だが、俺の事情で社員に負担はかけまいと思っていたのに、これでは理想からかけ離れていくばかりだ。

事業を拡大するにはとにかく時間がないし、急に様々な分野に手を出すのも良くない。最短でできることといえば、新規顧客や大型案件の獲得と利益向上に対するスピードを上げること。そうなると自分が動くだけでは限界があるので協力してくれる彼らの存在はありがたいのだが、このまま負担を背負わせ続けるわけにもいかない。

「社長、失礼します」

社長室に入ってきた秘書は、一礼をして俺の前に立つ。

「新戦略につきまして、営業部長を筆頭に管理職より苦情が入っている件ですが、先ほど詳細をメールしました」

内心ため息を吐く。

「ありがとう確認する。……まあわかってたことだな。俺が無理やり通したようなものだ」

「対応はいかがいたしましょう」

「そうだな。経営陣だけではなく、全社員に向けて再度説明会を実施する」

「メールか動画ですか？」

父に条件を出された直後に、すでにメールでは今後の課題を全社員に社長メッセージとして配信していた。ただ、それだけでは甘かった。

「いや、社員の反応も見たい。全社員を集めるのは無理だとしても、多少大きな会場をとってオンラインも含めて開催する。社員には事前にアンケートを取り、その都度意見を聞いていきたい」

「承知しました。至急作成します」

「確認は俺がするから。最優先でよろしく頼む」

俺には時間がない。社内の人間を巻き込むのは本意ではない。

ただ、茜のことがなかったとしても、少し前から経営者としてこのままでは良くないとは思っていた。企業は成長し続けなければいけない。なのに社員がいかに過ごしやすいかに重きを置いていたため、横ばい状態の成績が続いていたからだ。それではだめだと経営陣と会議を繰り返すも、利益のみを優先させる戦略には頷くことができずにいた。経営理念の一つである〝従業員の成長と喜び〟は守ったうえでの折衷案で進めることになったが、納得していない者がいることも理解していた。

「本日は役員の方々と食事会ですが、何か準備は必要でしょうか」

「……いや、必要ない。ありがとう」

「承知しました。店の詳細は……」

「把握している」

「失礼いたしました。……社長、大丈夫ですか？」

普段は淡々と仕事をこなす秘書が、めずらしく俺を窺い見る。

「問題ないが……」

「少々オーバーワーク気味かと思いましたので。……それでは失礼いたします」

「……ありがとう」

秘書が一礼し社長室を出ていき、またため息を一つ吐く。秘書にまで心配をかけてしまい上司として情けない。秘書が持ってきてくれたコーヒーを飲みつつスマホを取り出して、写真フォルダを開いた。そこには彼女には内緒で撮った茜の写真が数枚ある。何枚か見ていくうちに頬が緩む。

子どもができたと話す茜の表情と、あの時の喜びはきっと一生忘れない。

最初は、父に文句を言われないようにすることと跡継ぎのために、子どもをつくらなければいけないと思っていた。しかし子どもができたと聞いた瞬間、そんな考えは頭の片隅にもなかった。純粋に茜との子どもができたことがうれしくて涙が出た。

その時、俺はどれほど茜のことを愛しているのか思い知らされた。

きっと真面目な彼女は、契約上の関係としか思っていないだろうけれど。

とにかく今は、愛する茜とお腹の子のために踏ん張らなければいけない。ただそれは、幸せな苦労だ。

「……よし。負けてたまるか」

小さく呟き、山ほどあるメールや書類のチェックをはじめた。

「うん、順調に育ってますね。引き続きストレスは溜めないように、適度に運動してくださいね」

「はい、ありがとうございました」

妊娠三ヶ月目で、身体の変化を感じたりつわりの症状が出ていたりはする。けれどきちんと育っていることにほっとし、クリニックを出るとその足で本屋へと向かった。

五月も近づいてきて、暖かく気持ちのいい風が肌を撫でる。

妊娠がわかった日から、生活が一変した。まず、翔梧さんの助言で仕事は産休を取るのではなく辞めることにしたので、家にいる時間が増えた。

それから購入する本の種類が、これまでとは変わり子育てについてのものが大幅に増えた。食事も今まで以上に気をつけるようになったし、軽い運動をするために、翔梧さんと一緒に早朝に散歩をはじめた。

生活が、一気にお腹の中の赤ちゃんを中心としたものになった。

そのことに心の底から幸せを感じている。

レディースクリニックから帰宅後一息ついて、まだ膨らんではいないお腹を撫でる。

この中に翔梧さんとの赤ちゃんがいるのだと思ったら、愛おしくてたまらない。

そういえばと、朝からいくつも着信が入っていた母に折り返しの電話をかけた。

「もしもしお母さん？」

母は毎日のように電話をくれる。初孫なのでかなり心配しているみたいだった。私も初めての妊娠に不安なことが多いので、経験者と話をすると気が楽になる。

「うんうん、ありがとう。大丈夫だって、つわりはあるけど軽いほうみたい」

『それは良かったわねえ。何か必要なものはない？』

「うーん……まだよくわからないよ」

『じゃあ適当に送るわ』

「ありがとね。あの、これから翔梧さんのお母さんが来るから。うん、お母さんもまた来てよ。じゃあね」

通話を終えて部屋の掃除が終わった頃、タイミング良くインターホンが鳴った。

「お久しぶりですお義母さん。遠いところありがとうございます」

「お邪魔します。翔梧が一人暮らしの時は何回か来たことがあるけれど、結婚してからは初めてだわ」

「そうだったんですね」

お義母さんはリビングを見回し微笑んだ。

「前に来た時より居心地がいいわ。茜さんのおかげね」

「いえ、そんな」

もともと家事が苦手だった私が、そんな言葉をかけられるようになるとは思わなかった。やろうと思えばなんとかなるんだと実感している。

「お茶をどうぞ」

お義母さんとの距離が縮まったとはいえ、まだ緊張はする。ソファに座ってもらい、いつもよりも丁寧にお茶を淹れた。

「ありがとう。体調はどう？」

「今のところ何も問題はないですよ。赤ちゃんも順調に育ってるみたいです」

「……良かったわ。翔梧はどうなのかしら」

「お仕事が忙しいみたいで、家で仕事をしようとはしてるようなんですけど、結局呼び出されて出社することが多いです」

妊娠がわかってから一ヶ月ちょっと。そしてお義父さんの条件の期限まで、ついに残りひと月になっていた。翔梧さんが焦るのも無理はなく、家にいても毎日夜遅くまで仕事をしている。だから最近の私は、ベッドで一人で眠ることも多くなっていた。

「そう……」

お義母さんの表情が曇る。

「そうだ。いくつか料理を作っていこうと思うのだけど、いいかしら?」

「はいぜひ!　助かります」

助かるうえに、お義母さんの作る料理を食べられるのは単純にうれしい。

お義母さんは、肉じゃが、鯵の南蛮漬け、照り焼きチキン、タコときゅうりの酢のもの、白和えと、五品も作ってくれた。どれもおいしそうで今すぐ食べたくなる。私も手伝いはしたものの、身体を心配されてあまりやらせてはくれなかった。

「こんなにたくさん、ありがとうございました。食べるの楽しみです!」

この豪華なメニューは翔梧さんもきっと喜ぶ。

「そろそろ帰ろうかしら」

「今タクシー呼びますね」

「大丈夫よ。待ってもらってるから」

お義母さんの言葉を疑問に思いつつ一緒にマンションのエントランスに向かうと、

マンションの前にはブラックの高級車が停まっていた。すぐに運転席からスーツ姿の妙齢の男性が出てきて頭を下げる。ドラマなどで見るような専属の運転手なのだろう。流れるような動作で、お義母さんのために後部座席のドアを開けた。

さすがは黒崎グループ。

お義母さんがあまりに優しく、翔梧さんもどちらかといえば庶民的なのでたまに忘れてしまいそうになる。お義母さんが、日本有数の企業の会長夫人だということを。

「じゃあね、身体には気をつけて。翔梧にもよろしくね」

「……は、はい、ありがとうございました」

頭を下げると、お義母さんは上品な所作で車に乗った。運転手は私に頭を下げ、運転席に乗り込む。後部座席に座っているお義母さんと目が合い、手を振った。

いろんな人に優しくされるたび、嘘をついている罪悪感に押し潰されそうになる瞬間がある。そんな気持ちは見て見ぬふりをしたいのに、時折思い出しては心がきゅっと苦しくなる。優しい人たちを騙（だま）している気分は、決していいものではない。

今日も翔梧さんの帰りは遅い。最近では夜十時過ぎになるのは当たり前になっていて、今はもう十一時を過ぎている。一緒に夕飯を食べたかったけれど、ずっと待っているのも逆に気を遣わせてしまう気がして、先に食事を終え、お風呂にも入った。リビングで出産についての本を読んでいると玄関から物音が聞こえた。

「翔梧さんおかえりなさい」

「茜、ただいま」

翔梧さんは私の顔を見て微笑むけれど、疲れが見える。

「お仕事お疲れさま。ご飯にする？」

「あ……ごめん、連絡するの忘れてた。会食で食べてきたんだ」

「そっか。大丈夫？　飲みすぎたんじゃない？」

普段マメな翔梧さんが連絡を忘れていたことに、彼の忙しさを感じる。

「セーブはしたけどちょっとね」

「胃に優しいスープ飲む？」

「……ありがとう」

「作っておくから、お風呂入ってあったまったら？」

「うん、そうするよ」

翔梧さんは弱々しい笑顔を見せてそのままバスルームに向かっていった。彼がお風呂に入っている間に、大根とたまごだけの優しい味のスープを用意した。今日のところは、お義母さんの料理はお預けだ。

「今日、母さん来たんだっけ」

髪の毛をタオルで拭いながら、翔梧さんはリラックスした格好で戻ってくる。顔色が少し良くなっていてほっとした。

「うん。たくさんお料理作ってくれたよ」

「ありがたいな」

ソファに座った翔梧さんに、スープカップを手渡す。

「はい、たまごのスープにしたよ」

翔梧さんは木製スプーンを手に取り、さっそく口に運ぶ。一口食べた後、深く息を吐いた。

「おいしい。会食が中華だったから優しい味でほっとする」

「良かった。大変だったね」

「期限も迫ってるし、頑張りどころだからね」

期限と聞くと胸がざわつく。

「ねえ翔梧さん」

「うん？」

「子どもが生まれた後、私たちの契約はどうなるのかな」

子どもができなければ離婚をする、という条件だったけれど契約書には子どもができた後のことは記載されていなかったし、話もしていなかった。

「……そういえば、そこを考えてなかったな」

「だよね」

何より子どもが欲しい。そのことが二人の目標だったので、その先を考えていなかったのは、翔梧さんも同じだったみたいだ。

正直なところ、翔梧さんに惹かれている自覚がある。でも彼が私と同じ気持ちだとは思えない。翔梧さんは優しいから愛されていると勘違いしそうになることもよくあったけれど、今の反応を見ると期待できそうもない。

「生まれてからゆっくり考えよう。今は茜と子どものことを考えたい」

翔梧さんは私の肩を引き寄せる。

「そうだね。疲れてる時に余計なこと聞いてごめんね」

「いいよ。不安なことがあったらなんでも話して」

翔梧さんは時計を確認して、腰を上げた。

「ごめん、仕事部屋にスープ持っていっていいかな」

「あ、うん。これからまた仕事するの？」

翌日も朝が早いだろうし、もう寝るつもりだと思っていた。

「明日は家で仕事をする予定だから、今日はギリギリまでできると思ってね」

いいことのように言うけれど、翔梧さんの目の下にはうっすらとクマが見える。このところ睡眠時間が短いので心配だけど、私が口を出せるようなことでもない。

「明日、お昼ご飯は何が食べたいとかある？」

最近、翔梧さんは朝食にコーヒーしか口にしないし、明日の夕飯にはお義母さんが作ってくれたお惣菜がある。私がしてあげられるのは、昼食を作ることくらいだ。

「うーん……麺類がいいな」

「いいね、任せて」

「楽しみにしてるよ。ごめん、今日も先に寝てて」

「お仕事頑張ってね。おやすみなさい」

「おやすみ」

頭を引き寄せられ、額にキスをされる。

彼は結婚を継続させるために頑張ってくれているのだから、応援しないといけないのに、リビングを出ていく翔梧さんの背中を見ていると引き留めたくなった。

第十章　しがらみ

翌日、翔梧さんは朝早く起きて、すでに自室で仕事をしているみたいだった。コーヒーを淹れたのか、キッチンにはいい香りがほのかに残っている。一人で軽く朝食をとり、掃除洗濯をしてからは私も勉強の時間だ。

お昼前になると、二人分の昼食を作りはじめる。麺類というリクエストだったので、温かい蕎麦にした。残り野菜でかき揚げを作ろうかと思ったけれど、翔梧さんの胃は疲れているだろうから鶏肉やネギなどのシンプルなものにした。

そろそろ蕎麦ができそうだという時に、翔梧さんがリビングに顔を出す。

「あれ、翔梧さん？」

家で仕事をするはずの翔梧さんが、ビシッとスーツを着ている。髪もきっちり決まっていた。

「ごめん、急遽出社することになった」

「えっ、今から？」

ちょうど、温かい蕎麦が出来上がったところだ。

「せっかく作ってくれたのにごめん。遅くなるかもしれないけど、夜に食べるから。いってきます」

「うん、いってらっしゃい！」

慌ただしく家を出る翔梧さんを見送りに追いかけたけれど、すでにドアが閉まったタイミングだった。いつもはする、キスもない。普段は余裕のある彼が、今は相当切羽詰まっているのだとわかっているのに、そんなことを気にする自分が情けない。

テーブルの上には二人分の蕎麦。翔梧さんは『夜に食べるから』と言ってくれたけれど、伸びきったお蕎麦を温め直して出すというのは、さすがに気が引ける。それに、夕飯には昨日お義母さんが作ってくれたお惣菜を食べる予定だ。目の前にある蕎麦をどうしようか考えていると、エントランスのインターホンが鳴った。翔梧さんが帰ってきたんじゃないよね、とすぐに出ると宅配業者が立っていた。

「黒崎さんにお荷物でーす」

「はーい。今、開けまーす」

すぐにエントランスの鍵を開けると、少ししてから部屋のインターホンが鳴る。届けられた荷物は、段ボール箱が二つ。

いったい誰からの荷物だろうと差出人を確認すると【黒崎恭一郎】という名前が達

筆な字で書かれている。お義父さんの名前にドキッとする。しかも、宛先には翔梧さんではなく、私の名前が書かれていて二度見した。

「……お義父さんから、私宛て？」

いったい何が送られてきたのだろうと恐る恐る箱を開けると、中にはたくさんの本やおもちゃが入っていた。こんな贈りものを貰えるとは思っていなかったので一瞬喜びかけるけれど、段ボールから取り出すたびに心が沈んでいく。

中から出てきたのは、学習参考書や歴史の本、辞書や図鑑など。おもちゃはすべて知育玩具だ。しかも赤ちゃん用ではなくて対象年齢はみな小学生、または中学生以上。これから生まれてくる子どもにとっては、早すぎるものばかりだった。どれも、お義父さんの考えていることがよくわかるチョイスで、奥のほうには有名大学の受験対策本まであり心が挫ける。

赤ちゃんが生まれることを楽しみにしているのではなく、優秀な子どもを育てなさいと言われているみたいだ。

二つの箱から出てくるのはすべて勉強に関するものだった。呆然としていたら、スマホが鳴りゆっくり手に取る。画面に表示された名前を見て一瞬、躊躇いつつも、一呼吸置いてから電話に出た。

「……もしもし、茜です」

『あ、茜さん？　ごめんなさいね突然。お父さんが話したいって』

「は、はい」

お義母さんならまだしも、お義父さんとの電話なら、話したいというのはきっとこの荷物のことだろう。息を呑みお義父さんを待った。

『もしもし。茜さんか』

「お久しぶりですお義父さん」

『荷物は届きましたか』

「はい、たった今。あの……ありがとうございました」

私には嫌がらせのように感じられるが、お義父さんにそんなつもりはないだろうから、一応お礼を伝える。

『子どもは幼少期からの教育が重要です。優秀な子どもを育ててください』

「……はい、わかりました」

かろうじて返事はできたが、ショックで頭がぼんやりしたままだ。

用件はそれだけだったらしく、電話が切れた後も私はぼうっとしたまま赤ちゃんにはまだ早い本を眺めていた。

せっかく子どもができたのに、お義父さんはずっと認めてくれない。翔梧さんが子どもを急いでいた理由もそこにあるのだとわかっている。でも、孫の誕生を喜ぶ理由が、私とはあまりにかけ離れていてその差が苦しい。

「……翔梧さん、今日も遅いのかな」

生命が宿るお腹を撫でる。

早く翔梧さんに会いたい。

泣きそうになるのをぎゅっと堪えた。

しばらく呆然としていた後ようやく腰を上げ、すっかり冷めた二人分の蕎麦を片づける。荷物のことで食欲がまったくなくなってしまったので、蕎麦はそのまますべて冷蔵庫に仕舞い、気持ちを落ち着かせるためにソファに座ってお茶を飲む。

リビングに広げていたお義父さんからもらったものも、いったんすべて段ボール箱に仕舞い直した。そして、翔梧さんにはどう伝えようかと悩む。

お義父さんの贈りもの……正直言って私はショックだった。翔梧さんはどう思うのだろう。厳しく教育されて育っただろう翔梧さんにとっては、これが当たり前だったとしたらどうしよう。早く翔梧さんの顔を見たいと思うのに、会うのが少し怖い。

悶々(もんもん)としているとまたインターホンが鳴った。毎回、翔梧さんではないとわかっているのに期待を込めてエントランスのインターホンに出る。

「はい、黒崎です」

『……結翔です』

「え、結翔くん？」

意外な来客にインターホンカメラを凝視する。画質は悪いけれど、グレーのスーツを着た結翔くんだということはわかる。

『急にごめん、話があって。上がっても大丈夫？』

「大丈夫だけど……」

頭に浮かぶのは、以前見た怒っている翔梧さんの姿。結翔くんと二人きりになるのは、翔梧さんがどう思うかわからない。彼を追い返す気はないけれど一度、翔梧さんに確認したい。

『あ、兄さんには許可もらってるよ』

「……そっか。わかった。開けるね」

エントランスの鍵を開け、少しして部屋のインターホンが鳴りドアを開ける。するとそこには、なぜか神妙な面持ちをした結翔くんが立っていた。

「久しぶり、どうぞ上がって」

結翔くんに会うのは、妊娠がわかって翔梧さんの実家に報告しにいって以来だ。

「お邪魔します。……何これ?」

結翔くんは、リビングの端に置いてある二つの段ボールをめざとく見つける。無駄なものがないリビングでは目立つらしい。

「あ、なんでもないよ、座って。それで、話って?」

今、人に話したらうっかり泣いてしまいそうだったので、話をそらす。結翔くんが硬い表情のままソファに座る。温かいお茶を出して、私は少し離れたところに座った。いつもと雰囲気の違う結翔くんは俯きがちだ。

「……車でのこと謝ろうと思って」

もうだいぶ前だけれど、あのことは私も鮮明に覚えているし、引っかかっていた。

「この前兄さんと二人で会って、すごい怒られたんだ。僕が今まで見たこともないほどにね」

あの時の翔梧さんは、驚くほど怒っていた。その怒りが向けられたのだとしたら、結翔くんがこれほど反省する気持ちもわかる。

「あんなに怒ってる兄さん、初めて見た。相当、茜さんのことが好きなんだね」

「そんな」

契約の間柄だから、好きとかそういうことじゃない。ただ、事情を知らない結翔くんに否定するのもおかしいかと思い言葉を濁らせる。

「本当にごめん。大変そうに一人で頑張る茜さんを見てたら、つい手が出てた。……多分、茜さんのことが好きだったんだと思う」

「え……？」

信じられない気持ちで結翔くんを見る。

「でも安心して。兄さんの奥さんに手を出せるほど豪胆じゃないから。……まあ、軽く出しちゃってはいるんだけど」

あまりの驚きに声が出ない。結翔くんと話をしたのは数えるくらいしかない。なのに好きだと言われる理由がわからない。しかも彼に会う時、私は毎回翔梧さんとのことで必死だったので、きっとその姿はみっともなかったはずだ。あの時点では、だいぶ仲良くなっていたという自覚はあれど、結翔くんの気持ちには一切気づかなかった。

「……ごめんね。私は翔梧さんの奥さんだから」

返事を求められているわけではない。でも結翔くんにははっきり伝えておかなければいけないと思った。

「わかってるよごめん。謝るついでに余計なこと言った。忘れて」

そう言われてもなかなか忘れられそうもない。だって結翔くんは翔梧さんの弟だ。

お義父さんからの荷物で不安定になっているところに、頭の中がぐちゃぐちゃになる。

重い空気の中、私のスマホが鳴る。画面には待ち望んでいた彼の名前が表示されていた。

「ごめん、電話に出るね。……もしもし、翔梧さん？」

『茜、結翔来てる？』

電話口から、翔梧さんの慌てた声が聞こえてくる。

「うん、来てるよ」

『良かった。ごめん、替わってもらえるかな』

翔梧さんの声に余裕のなさを感じたので、結翔くんにすぐスマホを渡した。

「結翔くん、翔梧さんから電話」

「え、なんだろ。……もしもし？　資料？　わかった。黒崎商事に持っていけばいい？　……はいはい、了解」

慌ただしく電話を切ると、結翔くんが困った顔をしている。

「兄さんが、仕事で使う紙資料を部屋に置きっぱなしにしたんだって。会社に持ってきてほしいって言われた」

「大変。どれかわかる？」

「多分。兄さんの部屋、入っていい？」

書類については私よりも結翔くんのほうが詳しいはずだ。翔梧さんの部屋に案内すると、結翔くんが整理整頓されたデスクを探しはじめる。

「どれだろ……」

引き出しを開けては探しているけれどなかなか見つからないのか、結翔くんからも焦りを感じる。

「タクシー呼んでおくね」

「ありがとう、助かる」

書類探しは結翔くんに任せて、私は部屋の外でタクシーに電話をした。再び翔梧さんの部屋に戻ると結翔くんが書類を持って立ち尽くしていた。

「結翔くん、あった？」

「……茜さん。これ、何？」

「え？　どれ？」

振り返った結翔くんは書類を持っていた。てっきり翔梧さんに頼まれたものだと思い覗き込むと、そこには――。

「兄さんと茜さんの契約書って何？」

それは、翔梧さんと私の子づくりのための契約書だった。

「なんだろって思って読んじゃった」

「……あ、あのそれは」

「二人の関係って嘘だったの？　最初から僕たちに嘘ついてたってこと？」

結翔くんの言うとおりだから、言い返すことができない。

どう答えたらいいのかわからない。「そんなことない」と否定したところで、契約書を見られているのだから言い逃れができない証拠を突きつけられているのと同じだ。

「こんなの父さんが知ったらなんて言うか……追い出されるだけならマシなほうだよ」

結翔くんの脅しのような言葉に寒気がする。お義父さんに二人の関係が嘘だとバレてしまったらどうなるんだろう。離婚？　じゃあこの赤ちゃんは？　翔梧さんとの大切な時間は？

頭がくらくらして、視界が歪む。まっすぐ立っていられなくなり、意識が遠のいた。

「茜さんっ!?」

遠くで結翔くんの叫ぶ声が聞こえる。その声は翔梧さんの声に似ていて、彼の顔が頭に浮かぶ。

ほんの数時間前に見たばかりのはずなのに、もう会いたくてたまらなくなっていた。

「なかなか厳しいな……」

先月の利益、粗利を確認して呟く。

長年企業成績一位を誇っているのは父が昔働いていた、そして今結翔が切磋琢磨している黒崎不動産だ。ディベロッパーとして街の大型案件も多く、毎回ずば抜けている。それ以上の成果を目指しているのだから、苦労するのは当たり前だ。特に前期は平常どおりでやってきたため純利益は少ない。これは俺の経営者としての甘さが招いたものだ。だからこそ社員ばかりに任せないで自ら出向いて新規顧客を獲得したり、既存顧客に挨拶にいったり。売上に即繋がりはしないけれど、事業拡大に大切な準備を進めてはいる。確実に利益は上がっているが、一位が獲れるかどうか。

社長室で約束の時間まで資料を睨むように見ていると、ドアがノックされた。

「失礼します」

「お疲れさまです、本部長」

今日は家で仕事をするつもりだったが、営業部の本部長に相談があると急遽呼び出された。営業部は黒崎商事の要ともいえる部署だ。相談があるとわざわざ呼んでくれたのなら、対応しないわけにはいかない。

「社長、本日はお呼び立てしてしまい申し訳ございません」

「いえ大丈夫です。それで、リモートではできない話とはなんでしょうか？」

社長室内のテーブルに向かい合って腰掛ける。

先月、今後の経営について説明会を行うと社員の士気が上がった。おかげで売上は大幅に上向いている。反発していた本部長も理解を示し、大型案件を積極的に取りに動いてくれている。俺よりもかなり年上の人だが、仕事をしていて前よりも目が輝いているように見えるのは気のせいだろうか。

「実は、大型案件についての契約が難航しておりまして。本日昼過ぎから打ち合わせがあり私も同席するのですが、どうしたらいいものかと直接ご助言をいただきたく」

本部長に打ち合わせ資料を差し出され目を通す。俺も知っている大型案件のプロジェクト資料と、繰り返される打ち合わせの議事録だった。出席者を見ると前回の会議から両社とも部長が参加しはじめていることから、話が難航しているのがよくわかる。

「あちらの部長が、どうも納得していないようです」

「金額面で、ですか？」

本部長は首を振る。

「いえ。これまで、取引は自社で行っていたので、商社との取引は信用できないと」

「……なるほど。本日、私も同行しても構わないですか」

「社長自らですか⁉」

「はい。私の責任でもありますので、ぜひ同席させてください」

相手は老舗大手の繊維会社。ほかの商社とは仕事をしていないと知ってから、うちで取引できないかと思索していたのだが、現状の業務が手いっぱいで後回しとなっていた。即利益に繋がるわけではないが、この先を考えると提携しておきたい会社だ。

数時間後、俺は急遽会議に同行していた。クライアント先の会議室に案内された時から、空気の悪さを感じる。

「……ですから、これ以上お話しをしていても無駄だと思います。わざわざ社長さんにお越しいただいて恐縮ですが……」

「弊社といたしましては、御社の商品の価値を高めたいと考えております。弊社は海外にも拠点があり事業を強化しております」

「でもうちは従業員も少ないですし、これ以上広げるつもりは……」

たしか今の社長は五代目。老舗ではあるが会社は小規模で現在の認知度は低く、閉鎖的な印象があった。一昔前のほうが名を知られていただけに、今では業界内でもあまり注目されていない。もちろん今のままでいいという方針なら無理強いはするべきではない。でもそれが保守的な考えからくるものだとしたら、正直もったいない。

「……それでは、新たにこちらの金額を提示させていただきます」

「……こんなに？」

直前に俺が用意した見積書を見て、取引先の担当者と部長が顔を見合わせる。

「はい。御社の製品にはそれだけ高い価値があると思っております」

「……少々お待ちください」

部長が席を立ち、会議室を出ていく。少しして二人の人物が会議室に入ってくる。

一人は部長で、もう一人は――。俺はすぐに席を立った。続いて本部長も立ち上がる。

「どうもどうも社長さんですか」

「初めまして、黒崎商事代表取締役の黒崎翔梧と申します。わざわざありがとうございます、社長」

「いえいえ座ってください。それで、これが？」

社長は俺が提示した資料に目を通す。

「はい。御社の製品をこちらの金額でお任せいただければと。弊社は海外にも拠点をもっており、幅広い展開ができます」

「でもねえ、うちにこれだけ出してもらわなくても、もっとほかの会社なら安く済むんじゃないですか?」

「金額ではありません。弊社は御社の質の高い製品を世に広めたいという考えです。歴史ある御社製品を未来にまで繋げていきたいんです」

俺としたことが冷静になれず、つい熱がこもってしまった。話している最中、利益のことは頭の片隅に追いやられていた。俺はこういう仕事がしたかったのだと、久しぶりの現場でひしひしとそれを感じる。

「うーん……。それならお願いしてみようか」

「社長、いいんですか? あれだけ他社とは関わらないようにしてたのに」

取引先の部長が驚きの声を上げる。

「ああ。今後のためにも黒崎商事さんを見習わないとなあ。ただうちは従業員が少ないので、対応できるくらいでお願いしたい」

「もちろん全力でサポートさせていただきます。人材派遣も可能です。そのために私どもがおりますので、不安な点は担当者に相談してくだされば、丁寧にすり合わせを行います」

自信をもってはっきり伝えると、社長は安心したように穏やかに笑った。大物なのに、俺の父とはずいぶん違うなと思った。

「ではよろしくお願いします」

「こちらこそ、末永くよろしくお願いいたします」

深く頭を下げ、取引先を後にする。

なんとか話がまとまり安堵する。今回のことは父の出した条件とは関係ない。ただ、一緒に仕事をしたいと思っていた会社と契約ができたことへの喜びや充足感は大きい。

茜と結婚できればそれ以降のことはいい、というわけではない。社長である俺はその後のこともしっかりと考えなければいけないのだと、あらためて気を引き締める。

「……黒崎社長、本日はありがとうございました」

「いえ、こちらこそありがとうございます。感謝しています」

「正直なところ最近の社長は、金儲(もう)けに走ったんだと思っていました。ですが今回の説明会での、経営者としてはめずらしい熱い気持ちには心を打たれました。何より、金儲けに走る人なら、先ほどのような発言はしない。それがあちらの社長にも伝わったんだと思います」

「……元上司にそう言われるのはお恥ずかしい限りです」

立場としては俺が上だが、本部長のほうが在籍は長い。それにもともと俺は営業部にいたため、営業本部長である彼は俺の元上司でもある。

「いや、今後もついていこうって思いましたよ」

「……ありがとうございます」

尊敬していた上司に認められるのは、一人の社会人として誇らしい。今までは父に認められるよう頑張ってきたけれど、それよりも社員に認められるほうが真の社長になれるような気がする。

「すみませんが、この先は任せます。私は夜に役員会議があるので」

「ええもちろんです。ありがとうございました」

社に戻ると社長室にこもり、役員会議の準備をする。基本は秘書に任せているが、発言の責任は自分にあるので、ある程度は自分で用意するようにしていた。だが、カバンの中に紙資料が見当たらない。今日は家から会議に参加する予定だったから、置いてきてしまったらしい。元データは手元にあるが、紙には自分のメモがいくつも書かれていた。できればあれを持参したい。

たしか今日は結翔が家に来ると言っていた。茜に持ってきてもらうのは避けたいが、結翔ならいいだろう。俺はすぐ茜に電話をかけた。直接結翔に電話をかけなかったのには、理由がある。今日は茜と一緒に昼食を取るはずだったのだから、せめて声だけでも聴きたいという下心があったからだ。

「結翔悪い。今日の会議資料を家に置いてきてしまったんだ。今から黒崎商事に持ってきてほしい。……ああ、予定は夜だから余裕はある」

電話を切って資料データに目を通す。議題は今後の課題と、利益についての話だ。

しばらくしてスマホが鳴った。

結翔からだ。会社に着くには早いだろうから、何かあったのかとすぐ電話に出る。するとと今までにないほど慌てた結翔の声が、電話越しに騒がしく聞こえる。

「どうした？　結翔、落ち着け」

あまりの慌てぶりに俺まで鼓動が速くなる。

「え？　……茜が？」

結翔からの電話に、目の前が真っ白になった。

第十一章　深まる想い

目を覚ますと、白い天井が視界に入る。

翔梧さんが私の顔を覗き込んでくる。彼の顔を見て、妙にほっとしていた。

「……茜、大丈夫か？」

「翔梧さん、私」

起き上がろうとすると眩暈(めまい)がして、もう一度ベッドに横たわる。

「起きないで。倒れたんだ。結翔が病院に連れてきてくれた」

「そういえば……」

結翔くんと話している時に、急に頭がくらくらして眩暈がした。そのまま倒れてしまったらしい。病院だというわりには広々とした病室で、ベッドは一つ。個室を用意してくれたらしい。

「あっ、赤ちゃんは」

「問題ないよ。大丈夫」

その言葉に安心してお腹を撫でる。

同時に、結翔くんに私たちの契約関係を知られてしまったことを思い出した。彼の姿は見えない。

「あの、結翔くんは……？」

「俺と交代で帰った。心配してたよ」

「そう……」

翔梧さんの反応を見る限り、結翔くんは契約書のことを翔梧さんに話していなそうだ。契約結婚のことが結翔くんにバレてしまった、と言わなければいけないのに、言葉がうまく出てこない。このことを翔梧さんに伝えたらどうなるのかが怖い。

「医者はストレスか過労だって言ってた。倒れるほど疲れているとは思わなかったよ。最近は俺の帰りも遅かったし、申し訳ない」

「……私は大丈夫だよ」

倒れるなんて自分でも驚いている。それほど疲れていたわけではなかった。きっと契約書を見られてしまったショックのほうが大きい。翔梧さんは私を観察するようにじっと見つめている。わずかな後ろめたさから、私は目をそらした。

「茜、少しの間実家に行くか？」

「え？」

「お義母さんがいればもう少しは楽になるだろう？　俺も今は仕事が立て込んでいるし、もう少しピークが続く。万が一、家で一人で倒れてしまったら俺はどうにかなってしまう」

「でも……」

「俺は家にいられないことが多いから、茜の身体に負担がかかったのかもしれない」

翔梧さんは眉根を寄せ、苦しそうだ。負担をかけているのは、むしろ私のほうかもしれない。今日だって結翔くんに書類を届けてもらうほど忙しかったはずなのに、今はわざわざ病院にまで来てくれている。

本当はどんなに彼が忙しくても、同じ家にいたかった。でも、彼の仕事の邪魔になるかもしれないと思ったら実家に行くのが最善だと理解できた。

「……わかった。でも、迎えに来てくれる？」

「もちろん。どんなに遅くても、三週間後には迎えにいく」

翔梧さんが、寝ている私の手を強く握った。

病院で少し休んだ後、翔梧さんと一緒に家に帰った。

「翔梧さん、仕事は良かったの？」

「うん、なんとかするよ」

「……ごめんなさい」

「謝らないでよ。そばにいなかった俺が悪い。それより結翔がいて良かった」

結翔くんとのことを翔梧さんはどれくらい知っているんだろう。結翔くんの気持ち、それから契約書を見られてしまったこと。

「あれ、何これ？」

「あ、それは」

そうだ。もう一つ大事な話があった。私が制止する前に翔梧さんがリビングの端に置いてあった段ボール箱を開けて、唖然とする。

「なんだこれ。嫌がらせか？　……いや、父さんから茜宛てなのか」

伝票の差出人を確認すると大きくため息を吐く。

「こんなの受け取って、ショックだっただろう。父さんがごめん」

私は頷くことも、首を振ることもできなかった。

「俺も結翔も子どもの頃から厳しい英才教育を受けていたから、俺の子どもにも同じことをさせようとしてるんだと思う。父さんとしてはいいことをしてるつもりなんだろう。でも俺は、厳しい教育はしたくないと思ってる」

初めから、翔梧さんが跡継ぎとなる子どもを欲していたのはわかっていた。だから、きちんとした教育が必要だということも理解しているつもりだ。でも私は初めての子どもの成長を、まずはゆっくりと見守っていきたい。

「これは俺の部屋に置いておくよ。子どものことは二人で決めよう」

「ありがとう」

翔梧さんも同じ気持ちだということがわかり、ほっとした。でも今は、もっと大きな問題がある。

「翔梧さん、もう一つ大事な話があるの」

「……結翔と何かあった？」

どうしてわかるんだろう。息を呑み、頷いた。

「結翔くんに、契約書を見られちゃった」

「……そうか。俺の保管が甘かった。申し訳ない」

翔梧さんは神妙な面持ちで私に頭を下げる。不運が重なった事故のようなものなので彼を責めるつもりはないが、対策はとらなければいけない。

「お義父さんに知られちゃったらどうしよう？」

あの時の結翔くんの、信じられないという表情を思い出すと胸が痛む。翔梧さんのご両親に知られてしまったらと考えると恐ろしい。特に、お義母さんはせっかく応援してくれていたのに。

「……その話は、茜の体調が落ち着いてからにしようか」

翔梧さんが困った顔をしてそう言う。こういう時に彼がどんなことを考えているか、最近わかるようになってきた。

「気になるから今はっきりと教えて。早めに、お義父さんの厳しさをきちんと理解しておきたいの」

私に気を遣ってくれているのがわかったので、詰め寄った。すると言いよどみつつも、翔梧さんは口を開く。

「……恐らく離婚になるだろう。さらに〝なかったこと〟にされる可能性もある」

「なかったこと……？」

「ああ。父さんのことだから、子どもも認めてくれるのかどうか」

「そんな」

また頭がぼんやりして、眩暈がしてくる。翔梧さんの手が私の手を包み、身体を引き寄せられる。そうして背中を撫でられていると、少し気持ちが落ち着いてきた。

「この件は俺に任せて、茜は実家でゆっくり休んで」

「でも仕事のこともあるのに、翔梧さんばっかり負担が大きくなっちゃう」

「茜のお腹の中には子どもがいるんだから、これ以上の負担はかけられないよ。俺に任せてほしい」

「……わかった。無理しないでね。私も翔梧さんが心配だから」

「ああ。ありがとう」

私を抱きしめる腕の力が強くなる。熱ささえ感じる身体に、私もしがみつくように彼の背中に手を回す。

「茜、今日は久しぶりに一緒に寝よう」

「……うん」

今夜はずっと、翔梧さんの体温を感じていたい。

ベッドの中で向かい合って抱きしめ合う。それだけで安心感があった。ここのところ翔梧さんは忙しかったので、久しぶりの時間だ。そのせいなのか、二人の間には妙な緊張感が走っていた。トクトクと鳴る鼓動を感じる。

「茜」

最初は眠ろうと思って目をつむっていたのに、眠気は一向に訪れなかった。それは翔梧さんも同じなのか、はっきり目を開いて私を見ていた。

「……いや、なんでもない」

何かを言いかけてはやめる。そんな時間が数十分続いた。彼の様子がおかしいことには薄々気づいている。でも翔梧さんが何も言わないなら、私も無理に聞くことはしなかった。

「茜、キスしていいかな？」

翔梧さんの口からようやく放たれた言葉に目をまるくする。

「……聞かなくてもいいのに」

私がふっと息を漏らし笑うと、すぐに唇がふれた。

最初は様子をみながら優しく。だけどすぐに深いキスに変わる。大きな手が頬を覆い撫でる。彼の熱い手に私の身体も熱をもちはじめていた。

「ん……」

キスをしながら翔梧さんの手が耳の縁を撫でた。ぞくりとしたものが背筋をくすぐり甘い声が漏れる。その瞬間、翔梧さんは体勢を変えてお腹を労(いたわ)りながら覆いかぶさってくる。

「これ以上はしないから」

わずかに赤くなっている彼の目を見上げる。熱のこもった視線に鼓動がさらに高まっていく。

久しぶりの甘い夜に、二人はしばらく離れる分まで何度も何度もキスをした。


翌日、実家へ帰った。翔梧さんと離れるのは名残惜しかったけれど、迎えに来てくれるという言葉を信じて、少しの我慢だ。

「茜、おかえり」

「ただいま」

実家はなんだか懐かしい匂いがする。

「茜の部屋そのままだから、ゆっくりしなさいよ。夕飯は何が食べたい？」

「うーん、赤ちゃんにいいものかな」

「はいはい、任せなさい」

二階にある私の部屋へ行くと、前と同じままだった。結婚の挨拶に来た時も、妊娠の報告に来た時も、私はリビングにしか足を踏み入れていない。実家に帰らなくなって二年以上は経っているのに、残してくれているんだと心がくすぐったくなる喜びがあった。窓を開けると優しい風が入ってきて心地いい。荷物の整理を終えてリビングへ行くと、母がさっそくキッチンで忙しそうにしていた。

「何か手伝う？」

「……茜が？」

母は怪訝な顔をする。私が家事を苦手としていることを、よく知っているからだ。

「失礼ね。これでも私、結婚してからすごい頑張ってるんだからね」

「あらそうですか。でもいいわ、ゆっくりしてなさい」

「……はーい」

大人しく、リビングの中央にある大きなソファに腰を下ろす。私が子どもの頃からずっと置いてあるので、もうすでに弾力がない。家のソファに比べて座り心地が悪いのに、なぜか居心地は良かった。料理を待っている間に、家から持ってきた数冊の本に目を落とす。でも、私が本を読んでいる間も翔梧さんは仕事をしているのだと考えたらちっとも集中できない。

「お母さん、やっぱり手伝いたい」

「あらそう？　じゃあこれ細かく刻んでちょうだい」

渡されたのは、ボウルに入ったいくつかのゆで卵だ。

「はーい。何作ってくれるの？」

「チキン南蛮と、コロッケとコールスローサラダ。それから副菜がいくつかね」

「やった。お母さんのチキン南蛮好きなんだよね」

お義母さんが和食なら、それに対して私の母は洋食を作ることのほうが多い。お義母さんとはまた違った、久しぶりの家庭の味が楽しみだ。

「それなら私、お母さんの好きなミネストローネスープ作るよ」

「あらいいの？」

「任せて。私もちゃんと作れるようになったんだから」

スープはわりと簡単な料理だけれど、実家暮らしをしていた当時の私はそれすらもおいしく作れなかった。翔梧さんとの生活に夢中で母に披露するタイミングもなかったので、いい機会だ。

主婦の先輩である母との料理に少し緊張しつつも、その隣に立った。

母がメニューに気合いを入れてくれたので、二人で一時間半ほどかかって作り終えた。完成した頃にはお腹がきゅうと鳴る。父は帰りが遅いらしいので、二人で先に夕飯を食べることになった。

「あらおいしい」

「良かったー。お母さんのチキン南蛮もおいしい」

母の感想にほっとする。ミネストローネは初挑戦だったので、逐一レシピを確認しながら作ったら少し時間がかかってしまった。

「あの茜が、人のために料理を作るようになるなんてねえ」

母がしみじみと言う。

「私だっていい歳だよ」

「そうだけど、結婚なんて絶望的だったじゃない」

「絶望的って……」

否定したくても否定できない。

翔梧さんと出会ったのは、婚活に疲れていた約六ヶ月前のこと。あの時はまさか自分が結婚して子どもまでできるとは思わなかった。翔梧さんに出会えていなければ、きっと私は今でも結婚も家事もできないままだった。

「本当、素敵な人に出会えて良かったわね」

「……うん。本当に」

私にはもったいないくらい。

結婚だ子どもだとうるさく言われて、母と会話するのも嫌になっていた時期があった。でもさすがに今となっては、あれは私を心配してくれていたのだとわかる。

今は無事に結婚もしたし、子どももできたけれど、まだ大きな問題が残っている。

「でも、お義父さんにはまだ完全には認めてもらえてないんだよね」

「あらそうなの？」

「うん。お義父さんが厳しくて、翔梧さんも仕事が大変みたい」

「そういう親もいるわよね。でも結局、子どもが一番可愛いんだから大丈夫よ」

両親にはお義父さんに出された条件の話はしていない。

「……ねえお母さん」

母はコロッケを熱そうに頬張りながら「なあに？」と返事をする。

「もし翔梧さんとの関係が嘘だったらどうする？」

「嘘って？」

「た、例えばもともと好きだったわけじゃなくて利害の一致で結婚したんだとしたら、とか？」

真実を嘘のように誤魔化しながら話すのは難しい。母にこんな話をするつもりはなかったのに、実家に来た安心感のせいか口にしていた。

「なあに、そんなドラマみたいな」

母はけたけたと笑う。

「最初は嘘の関係だったとしても、順番が違っただけでしょう？　今、茜が翔梧さんのことを好きならそれでいいじゃない」

あまりに軽く言われて、二人の両親に嘘を吐いていること、翔梧さんに好意をもつことへの罪悪感がほんの少しだけ薄れた。

「だ、だから例え話だって」

「はいはい、そうね。……あら、お父さんが帰ってきたみたい」

玄関先から音が聞こえてきて、少しすると父がリビングに顔を出す。

「茜、久しぶりだな」

「おかえり、お父さん。しばらくお世話になります」

「ああ、好きなだけいていいぞ。おお、今日は豪華だな」

テーブルの上をうれしそうに眺める父。

何年か振りの家族団らんは今までにないほど穏やかだった。ケンカもなく気を遣わない空間に気が緩み、癒やされていた。

夜、部屋に戻りスマホを手に取ると翔梧さんからメッセージが入っていた。

――体調は大丈夫？

メッセージが届いたのは九時過ぎ。その時間まで仕事をしていたのだろう。

——大丈夫だよ。ありがとう。夕飯は食べた？

——食べたよ。外食だけどね。

外食じゃなくて、今日の夕飯を翔梧さんにも食べてほしかった。

本当は、もう声が聴きたくて仕方がない。電話をしてしまおうか考えたけれど、彼は疲れているだろうし我慢した。

早く翔梧さんに会いたい。

まだ膨らんではいないお腹を撫でながら考えるのは、翔梧さんのことばかりだ。

「で、話って何？」

「わかってるだろ」

仕事帰りに居酒屋に結翔を呼び出していた。

「茜さんのこと？　それとも兄さんたちが嘘ついてたってこと？」

「両方に絡んだ話だよ」

結翔が一度茜を抱きしめたことがあった。それを偶然目にした俺は結翔に厳しく詰問をして、解決済みだ。それとはまた別の問題がある。

「茜を助けてくれたことは感謝する。……だが、契約結婚の話、あれは父さんたちには黙っていてもらいたい」

「やっぱりアレ本当だったんだ。そもそもなんであんな契約？」

「……自分と会社のためだ」

結翔が俺と同じようなプレッシャーを感じないように濁して答える。

「ってことは、二人の間に愛情はないってこと？」

「……いや」

最初は愛情のない契約だった。でも今、少なからず俺の心には愛情が芽生えているので否定はしたくない。

「茜さんも同意のうえなんだよね」

「もちろん。そのための契約だ」

「それなら、僕が茜さんを好きになっても問題ない？」

「まさか。だめだ」

「どうして」

結翔はどこか楽しそうに聞いてくる。まるで俺の気持ちを見透かしているようだ。

「茜は俺の妻だ。……でもその前に、俺は茜を愛してる」

「それ、茜さんは知ってるの？」

首を横に振る。茜に伝える前に結翔に話すことになるとは思わなかった。

「なんだよそれ」

結翔がため息を吐いてから、グラスに入ったビールを飲み干す。

「契約とはいえ、あんな父さんの相手をさせられるのはかわいそうだね」

痛いところを弟に指摘され言葉も出ない。俺にとっても予想外な展開だったが、彼女に苦労をさせている自覚はある。

「そもそも、簡単に見つけられるような場所に契約書があるの、兄さんにしては甘かったね」

結翔の言葉にドキッとする。あの日の朝、俺は契約書を見直して茜にどう気持ちを伝えようかと悩んでいたからだ。契約のおかげで茜と一緒にいられるのに、契約に縛られている自分が嫌になっていた。

「……茜にどう伝えようか、悩んでたんだ」

その後会社から電話があり急いで契約書を仕舞った。まさか結翔に引き出しを開けられる事態になるとは、思っていなかったのだ。

「早いとこ、茜さんにちゃんと言いなよ」

不安はあるが、仕事のことが片づいたら彼女には気持ちを伝えるつもりだ。その前に、契約のことを知ってしまった結翔と話をしなければいけないと思った。

「……わかってる。だから結翔は」

「もとから父さんに言うつもりなんてないよ。さらに拗らせたら、僕だって面倒だし」

「……助かるよ。ありがとう」

「で、話が終わっても兄さんは酒飲まないの？」

「うん。明日は大事な日だからな」

「そうだったね。下っ端社員の僕には関係ないけど」

「イントラに動画は上がるはずだから、結翔もチェックしておけよ。この先、お前も関わることになるだろうから」

「……わかったよ」

結翔もいずれは役員レベルにはなるはずだ。苦労はすると思うが結翔には成長してもらいたい。見本になれるのならなんでも教えてやる心づもりではある。

「結局、結翔は茜のことが好きだったのか？」

「……もういいでしょ。おかわり」

茜を抱きしめるなんてことをするくらいだから好きだったのだろうけど、結翔がはっきり答えることはなかった。


「……ただいま」

今は誰も待つことがない暗い部屋に一人呟いた。ため息を吐きスーツを脱ぎながらリビングの電気をつける。茜のいない家はひどく静かで寂しい。騒がしい居酒屋にいたので余計に静寂が身に染みる。

俺にとって、どれほど茜が大切だったのかを思い知らされる日々だ。

茜が実家に帰ってから間もなく三週間。その間は仕事に忙殺されていたが、それでも茜のいない寂しさは忘れることができなかった。

ネクタイを緩め、ソファに座る。

「……ついに明日、か」

明日は、決算発表を含む取締役会がある。黒崎商事の数字はすでに出ているので大体の予想はついているが、不安は常につきまとう。これで良かったのか、間違いはなかったのかと自問自答の日々だ。

いくら努力したとしてもグループで一位になれなかったら、おそらく父は認めてはくれない。だとしても茜を手放すことは考えられない。いてもたってもいられずスマホを手に取る。気がついたら茜の名前を探し、電話をかけていた。

『もしもし、翔梧さん？』

茜の優しい声が耳に心地良く響く。

「……茜、変わりはないか？」

『うん、順調だよ。電話なんてめずらしいね』

「そういえばそうだな」

茜が実家に戻ってから電話をしたことはなかった。毎日声が聴きたいと思っていても、遅くまで仕事をしていてタイミングがなかった。

『翔梧さん……声に元気がないけど、大丈夫？』

疲れていることを茜に見透かされているようでかっこ悪いと思いつつも、今は虚勢を張っている余裕もない。

「茜がいないとすごく寂しいよ」

テレビもつけていない広いリビングに声が響く。

『私も、会いたい』

「うん。早く、抱きしめたい」

独り言のように呟く。情けないことを言っている自覚はあるが、止まらなかった。久しぶりに声を聴いたことで茜が愛おしくてたまらない。実家に帰ったほうがいいと言ったのは自分なのに、今すぐ会って抱きしめたい。

「……いや、ごめん、なんでもない」

『私も』

「え？」

『私も早く翔梧さんに抱きしめてほしいよ』

電話口の向こうで、茜が照れているのが想像できる。その姿を想像しては胸がぎゅっと締めつけられた。今すぐにでも茜の実家に行って彼女を抱きしめたい衝動に駆られる。でも、それは今じゃない。

「明日きっと結果が出る。すぐ迎えにいくよ」

『……待ってます。頑張って』

本当ならこのままずっと通話を繋いでいたい。だがそんなわけにもいかないので、名残惜しく思いつつも通話を切った。でも、茜の声を聴いて疲労感がなくなっていることに気づく。

翌日、いつもより気合いを入れてスーツを着た。毎朝のルーティンどおりコーヒーを飲み、テレビや新聞に目を通す。時間になると秘書が車で迎えに来て、本社会場へ向かう。車内で書類の最終チェックをした。ここのところ緊張するということもなかったが、久しぶりに神経が昂り、ピリついているのを感じる。

五月某日、ついに決算説明会だ。

会場は黒崎ホールディングスの本社にある大会議室。

総務部が会場の設営をしてくれているが、念のため自らチェックをする。ホールディングスの会長である父の席は、最前列のど真ん中だ。

社内説明会とはいえ、ホールディングスの役員が一堂に会する場面などなかなかないので、会議室全体が緊張感で包まれている。しかし資料は完璧だ。株主総会よりはマシだと心を落ち着かせた。

昨夜の茜の声を思い出す。頑張ってというシンプルな言葉が俺の背中を押した。

決算説明会では各企業の代表が自社の成績について発表することになっている。今期の利益と、今後の課題。これまでは株主総会の前準備だと思っていたが、今回は違う。俺の人生がかかっていた。

「それでは続きまして黒崎商事です。よろしくお願いします」

数あるグループ会社の報告には時間がかかる。ようやく呼ばれた俺は壇上へと上がった。

「それでは、黒崎商事の決算報告をさせていただきます」

父の厳しい視線と目が合い息を呑む。

「市場の環境は不安定な状態が続いております。黒崎商事は近年横ばいでしたが、安定しておりました。今期も経営理念は変更せず、しかし今後の発展のために事業拡大の準備をはじめました。それでは、今期の売上を報告いたします」

数字を読み上げていく。すると役員がざわつくのがわかった。黒崎商事としては今までにない利益率だったからだ。俺自身も、後期の利益率には驚くばかりだった。すべては社員のおかげだ。ただ、結果はまだわからない。

「……以上となります」

すべての報告を終え、頭を下げる。壇上を下りようとした時、手が挙がった。基本的に質問などは受けつけていないはずなので目を見張る。だが、手を挙げた人物を見て合点がいった。

「一つ聞きたい」

父――いや、ホールディングスの会長である黒崎恭一郎の厳しい視線が俺を貫く。

今までにないことに会場はざわついている。

「安定していたところを、なぜ急に経営方針を変更した？」

どの口が言うか。と言いたいところをぐっと堪えた。

「黒崎商事は既存事業を多数抱えており、徐々にですが利益も上がり安定はしておりました。しかし、今後十年二十年と先を見据えた時に、今のままでは他社との激しい競争の中で生き残ることはできないと考えました。〝黒崎グループ〟という大きな看板や現状に甘んじることなく、今後は海外事業の発展、子会社との連携など、人と人とを繋げる大きな会社にしたいと考えております。そのための一歩目の試みとして、まずは経営方針を〝変更〟ではなく、〝追加〟しました」

会長だけを見て答えた。口にしたことは詭弁ではなく本心だ。利益だけを求めるのではだめだと、父の条件で思い至った結論だ。

「……なるほど」

会長が頷いたのを確認し、頭を下げ自席へ戻る。

まだ会議室内がわずかにざわついている中、次は黒崎不動産の発表だ。俺は手に汗を握り、固唾をのんで決算報告に耳を傾けていた。

発表は無事に終わった。ほっと息を吐く暇もなく足早に会議室を後にした俺は、秘書の運転する車に急いで乗り込む。

「社長、この後のご予定は」

「直帰する。悪いが急ぎで家まで送ってもらっていいか。その後は君も直帰でいい。とりあえず一段落してくれ。最近、残業続きだっただろう」

「……承知いたしました。ありがとうございます」

とはいえ終わったのは社内説明会なので、これからはまた株主総会などで多忙を極める。秘書にも迷惑をかけたのでその前に少しだけでも休養をとってもらいたい。

走行中の車の中で、スマホを取り出し茜に連絡しようとしたが、驚かせてみたいという気持ちが俺の手を止めた。

早く茜の顔が見たい。

まるで片思いをしている男子高生にでもなったように、彼女のことばかりを考えていた。

第十二章　愛の交わり

翔梧さんからの電話を待っていたら、夕方に実家のインターホンが鳴った。

玄関からは母の驚く声が聞こえてきて、何事かと私も玄関を覗く。

「あらあらぁ！」

「突然申し訳ありません、茜さんは……」

玄関先でスーツ姿の翔梧さんが母に頭を下げていた。

「……翔梧さん!?」

たった半月ちょっと、会わなかっただけ。それなのに顔を見た瞬間、胸が震えて泣きそうになった。目が合うと彼は優しく微笑む。

「茜、会いたかった」

三週間をこれほど長く感じたことはなかった。ゆっくり彼に近づいていく。昨日電話で話をしていたから、今日迎えに来てくれるかもしれないと期待はしていた。けれど、連絡もなく突然やって来るとは思っていなかった。

「……私も、会いたかったよ」

彼に抱きつこうとした時、コホン、と咳払いが聞こえる。翔梧さんの顔を見た瞬間、母の存在を忘れてしまっていた。危うく抱き合っているシーンを見られるところだった。

「まったく二人の世界に入っちゃって……。翔梧さん、とりあえず中へどうぞ」

「すみません、すぐに行かなければいけないのでここで」

翔梧さんがもう一度母に会釈すると、頷いた母は空気を読んでリビングに下がった。

翔梧さんに両手を握られる。久しぶりの温もりに心の中がじんわり温かくなる。

「茜、体調はいい？」

「うん、順調だよ」

「良かった。……迎えに来たんだ」

翔梧さんは約束どおり、私を迎えに来てくれた。

「……でも、結果はどうだったの？」

今日、企業成績の順位がはっきりしたはずだ。その答えをまだ聞いていない。

「このまま実家に行きたいんだけど、いいかな」

「翔梧さんのご実家に？」

「ああ。父さんに最後の報告をしたい。結果については父さんも知っているけど、茜と一緒にあらためて報告したいんだ」

翔梧さんの真剣な表情に、私も強く頷く。

「わかった。私も一緒にいかせて」

彼の覚悟が伝わってくる。私は急いで家を出る準備をした。荷物はすぐにまとまるものでもなかったので最低限、必要なものだけをバッグに詰める。

「お母さん、急だけど今日帰るね。荷物はまた取りに来るから」

「はいはいわかったわよ。気をつけてね」

「ありがとう」

「お義母さん、ありがとうございました」

翔梧さんが深く頭を下げた。

「いいえ。茜のことよろしくお願いしますね」

「はい」

翔梧さんの力強い返事に、母は満足そうに微笑んだ。

実家を出ると外には翔梧さんの車が停まっていた。「後ろに乗って」と促され、助手席ではなく後部座席に乗り込む。妊娠してからというもの、私の車での定位置は後部座席になっている。

「会社から車で来たの？」

「いや、一度家に帰ってから車で来た」

「そっか。大変だったんだね」

きっと今日は相当忙しかったはずだ。それなのに迎えに来てくれたことに感動していた。

「でもさっきまで会社だったんでしょう？　お義父さん家にいるかな」

「ああ、いるはずだ。家に行くって話しておいたから」

さすが用意周到。頼もしい翔梧さんと一緒にいれば、どんなことでも乗り越えられそうだ。

「父さん、報告をしにきました」

翔梧さんの話どおり、お義父さんは家にいた。待ち構えていたように、客間で腕を組んでいる。お茶を出してくれたお義母さんがお義父さんの斜め後ろに控えめに座る。

「ずいぶん早いな」

「一刻も早く、報告に来たかったからね」

私たちはお義父さんの正面に正座をした。

「さっそくだけど、茜との結婚に父さんが出した条件は、半年以内に子ども、それから黒崎商事がグループ内企業成績一位になることだった。茜はこのとおり妊娠しているから一つ目はクリア。それから、二つ目」

翔梧さんは一枚の用紙をお義父さんに差し出した。

私もまだ聞かされていないことに、心臓がうるさい。

「決算説明会でご存じかと思いますが、黒崎商事が一位を獲りました」

ハッと息を呑む。歓喜の悲鳴を上げてしまいそうになり、手を握って必死に堪えた。

本当に一位を獲ってくれたのだと、想像を超える翔梧さんの努力があったのだと涙が出そうになる。

「ああ、まさかたった半年足らずで、本当に一位に登り詰めるとは驚いた」

「全社員の努力の賜物(たまもの)です。感謝してもしきれません」

「自分の足でもだいぶ稼いだと聞いているが」

「……まあ、一応」

社長自ら動いていたと聞けば驚くが、翔梧さんの性格を知っているから納得する。

「これで父さんの条件はクリアしました。茜との結婚を認めてほしい……いや、認めてください」

　お義父さんは腕を組み、目をつむり険しい顔つきのままだ。私たちは息を詰めお義父さんの言葉を待つ。視線の隅では、心配そうにしているお義母さんが見えた。

「……まだ」

　低く渋い声が響く。

「まだ、彼女の黒崎グループの嫁としての資質は認められない」

「っ、そんなのは条件になかっただろう」

「私が重要視している点がそこだというのは、理解していたはずだ。子どもができた以上は跡を継がせる教育をしていく。だが母親である彼女が相応しくなければ、黒崎家から出ていってもらいたい」

　今までで一番辛辣な言葉のように思えた。

　子どもができるだけではだめ、そう言われている。むしろ子どもを産めば用なしだと言われているようなものだった。

「話と違う。そんなの横暴だろう！」

　翔梧さんが声を荒らげる。

「翔梧、黙れ」

お義父さんの厳しい口調に翔梧さんは押し黙る。

「最後に、茜さんに聞きたい」

お義父さんの視線が私のほうへと向けられ息を呑む。

「子どもを、どう育てていきたいですか」

予想外の問いかけに、一瞬思考が止まる。と同時に、お義父さんが送ってきたたくさんの本を思い出す。

「……幼少期からの情操教育に力を入れ、いい大学へ入れるような学習、受験対策、それから黒崎グループを牽引できる立派な人物になれるよう育てていきたいです」

模範的な回答。少し前の私だったら虚勢を張りつつも、お義父さんの視線に怯えてそう答えていただろう。でも今は違う。私にも守らなければいけないものがある。

「……というのは建前で、まだ男女どちらかはわからないんですけど、私としては健康で優しい子に育ってくれたら充分です。翔梧さんと大切な子どもの将来を一緒に考えながら、この子の可能性を自由に広げられるよう親としても努力します。でも、翔梧さんの背中を見て育ってくれたら、きっと立派な子になると思います。お義父さんを見て育った翔梧さんみたいに」

私はまっすぐお義父さんを見据える。お義父さんには建前を伝えればいい。初めはそう思っていたけれど、もうこれ以上嘘は吐きたくなかった。それに、私だけならまだしも、子どもに強要はしたくない。とはいえ翔梧さんも跡継ぎのために子どもが欲しかったのだから、それに反対するつもりはない。翔梧さんがお義父さんを経営者として尊敬しているのも知っている。

「……茜」

横にいる翔梧さんに顔を向けると、彼は慈愛に満ちた表情で微笑む。そしてすぐに表情を切り替え、正面を向いた。

「父さん。俺も考えは同じだ。この子は跡継ぎになるためだけに生まれてくるわけではない。でも父さんに教えてもらったことは、俺も教えていきたいとは思ってるよ」

お義父さんの表情は変わらず、私たちに厳しい視線を向けてくる。でも、私はもう何を言われても翔梧さんと一緒にいたい。

「お義父さんお願いします。子どものためにも、これからも翔梧さんの隣にいさせてください」

私が深く頭を下げると、隣の翔梧さんも「お願いします」と頭を下げる。

沈黙は続き、しばらくして深いため息が聞こえた。

「……認めざるを得ないか」

お義父さんの言葉に、顔を上げて翔梧さんと目を合わせる。

「なんだその顔は。二人の結婚を認めると言ったんだ。戸籍に傷をつけるわけにもいかないしな」

「お父さん、素直じゃないですよ」

ずっと黙っていたお義母さんの声が響く。

「っ、母さん」

お義父さんが斜め後ろを振り向き、めずらしく慌てていた。

「私は二人の努力を素直に褒めるお父さんが好きですよ」

お義父さんは「おい」と動揺を口にしながら、咳払いをする。

「……茜さんがもし私のように子どもに厳しい考えをもっているなら、認めないつもりだった。父親はそれでいいが、母親までそうなったら子どもは潰れるからな」

「あんな教育の本ばかり送っておいて、よく言うよ」

翔梧さんがため息を吐く。正直、私もそう思う。

「それが私の役目だろう」

なんとなくお義父さんの考えがわかるようになってきた。

「茜さん、これからも翔梧をよろしく頼みます。それから子どものことも」

お義父さんがわずかに微笑み、込み上げるものがあった。

「……はい」

「翔梧も以前より顔つきが良くなった。油断することなくしっかりやれよ」

「わかってるよ。父さん、ありがとう」

「……ありがとうございます」

二人でもう一度深く頭を下げ、涙がこぼれ落ちないようにこっそりと拭った。

無事話は終わり、翔梧さんの実家を出て車に乗る。このまま家に帰るのかと思ったら、車は逆方向へと走りはじめた。

「疲れてるかもしれないけど、これから行きたい場所があるんだ。いいかな」

「大丈夫だよ。どこ？」

疲労はあれど、今は達成感や充実感でいっぱいだ。ようやく大きな壁を乗り越えられた感覚。

「着いてからのお楽しみってことで」

彼は楽しそうに笑う。私は翔梧さんが隣にいることに幸せを感じていた。

もう、契約の関係だとかそんなことはどうでもいい。子どもがいて、翔梧さんの隣にいられれば、それで。

翔梧さんが連れてきてくれたのは、見覚えのある高級ホテルだった。天井の高い広々としたエントランスを抜け奥へと進む。翔梧さんの足はまっすぐホテル内のレストランへ向かい、入り口で立ち止まった。

「ここって……」

「うん。俺と茜が出会ったレストランだよ」

ホテルに入った時から懐かしさがあった。こんなに思い出深い場所を、忘れるわけがない。

「懐かしい。あれ以来だよ」

「俺も」

「黒崎様、ご案内いたします」

ウェイターに促され、奥のテーブルへと案内された。このレストランは大きな窓からホテルの豪華な庭園が見える。あの日は、翔梧さんと出会うまで嫌な男性の相手をしていて景色を楽しんでいる余裕などなかった。

店内に入った時から不思議な感覚があったけれど、席について周囲を見回すと大きな違和感に気づく。

「……お客さん、誰もいないね」

「ああ、そうだね」

日中のカフェタイムと違い、夜なんて一番賑わっていそうなものだけど、お客さんが誰一人いないなんてことがあるのかと信じられない。

「茜、さっきはありがとう。感動した」

「え？」

「……俺の隣にいさせてくださいって」

「あっ、あれは……」

あの時は必死だった。とにかくお義父さんに認めてもらいたい一心で、深く考えずに口に出していた。ただ、それはすべて本心だった。

「……茜は、子どもが生まれたら契約はどうなるのかって言ってたよね」

前に翔梧さんに聞いた話をもちだされてドキッとする。

「どうするか考えたんだ」

翔梧さんの真剣な表情に息を呑む。聞くのが怖い。でもいずれ話をしなければいけないことなのだから、逃げてはいられない。

「……ごめん、ちょっと席を外していいかな」

「え？　あ、はい」

大事な話の途中で翔梧さんは席を立った。店の入り口のほうへ向かう背中を目で追いかける。お手洗いかな、などと思っていたらすぐに戻ってきた。

「お待たせ」

翔梧さんの手には大きな花束。何があったのかと私は彼を見上げたまま茫然とする。すると、翔梧さんが床に片膝をついて花束を私に向けた。目の前には鮮やかな赤一色のバラの花束。甘い香りが鼻腔をくすぐる。その向こうには、真剣に私を見上げる翔梧さん。

「……俺は、茜のことを心から愛している。俺の本物の妻になってくれないか」

翔梧さんの告白に大きく目を見張る。

「最初は契約だけの関係だった。でも俺のために頑張ってくれる姿を間近で見ていて、心の底から守りたいと思った。協力者ではなく、女性として惹かれていた。だから子どもが生まれても、俺の奥さんとしてずっと一緒にいてほしい」

翔梧さんは一度も私から目をそらすことなく、気持ちを伝えてくれた。だけど力強い視線は徐々に弱くなり、不安が見え隠れしはじめる。

「契約だったのに、好きになってしまってごめん。茜が、これはあくまで契約だと思っていても、俺はもう……」

「翔梧さん待って」

彼の言葉を制止する。これだけまっすぐに本心を伝えられて、今まで我慢してきた私の気持ちを抑えられるはずがなかった。

「私も……翔梧さんのこと、あ、愛して……ます」

言い慣れないセリフにつかえてしまった。自分自身、好きと伝える前に愛していると言葉にするとは思わなかった。でも、私の気持ちはもう彼への愛でいっぱいだ。

「……本当に？」

翔梧さんも私と同じように驚いた顔で目を大きくする。

「もちろん。嘘なんかつかない。……まさか翔梧さんも同じ気持ちだったなんて思わなかったけど」

私がそっと彼の持つ花束を受け取ると、翔梧さんは立ち上がって花ごと私を抱きしめる。ふわっとバラの香りが強くなった。

「うれしいよ。茜のことも、お腹の子も、一生かけて幸せにする」

目頭が熱くなり、瞳が潤む。今までも翔梧さんからはたくさんの言葉を貰ったけれど、彼の気持ちを知った今では心持ちが全然違う。出会ってまだ一年も経っていないのに、長年の片思いが叶ったような不思議な感覚。

花束を持つ手に力を込める。見上げると翔梧さんの優しい顔。涙の先の彼を見つめていると優しく唇が重なった。

心が通じ合ってから初めてのキスだった。

お互いの本心を伝え合った後、私たちは出会ったホテルの最上階にいた。大きな窓から見える夜景は煌びやかに輝いている。

「まさか、あのレストランを貸し切りにしちゃうなんて」

「俺の一世一代のプロポーズだからね」

あの後レストランで夕食を取り、そのまま最上階のスイートルームに泊まることになった。事前に予約してあり、私にOKをもらったら泊まる予定だったらしい。部屋に入った時、彼は「来られて良かったよ」と笑った。

久しぶりに、二人だけのゆっくりとした時間を過ごすことができた。不安はすべて解消され、今はただ翔梧さんとの時間だけに集中できる。なんて幸せなのだろうと実感していた。

んてすごい」

「ありがとう。なんとかなったな。社員に大きな負担をかけてしまった部分はあるし、経営者としての反省点も多いけど。……ただ、十年二十年先の経営を考えるきっかけになったよ。経営者として今まで甘かったってことを思い知らされた。父さんに多少感謝はしてるかな」

「……そっか。お義父さんはそのことも考えてたのかな」

「どうだろうな。ただの意地という可能性もあるけど」

大企業の会長の思考なんて私には到底、考えが及ばない。でもお義父さんが翔梧さんや結翔くんを大切に思っているのはよくわかる。だからこそ厳しくあったということも。

「今は仕事の話より、俺たちの話をしよう。……こっちへおいで」

手を引かれ、スイートルームにある大きなソファに並んで座る。私としては仕事の話をもっと詳しく聞きたかったのだけど、もうそんな雰囲気ではなくなっていた。

腰を引き寄せられ距離は近く、手を握られると鼓動が跳ねた。

「……なんか今まで以上にドキドキしてる」

「俺もだよ」

いつも以上に心臓が早鐘を打っている。二人で何度も抱き合ったし、キスもそれ以上のこともしてきたはずなのに。本当の気持ちを伝え合ったからなのか、隣り合って座っているだけで胸は高鳴るばかりだ。

「茜」

翔梧さんの手が私の顎を持ち上げ、優しく唇が重なる。

「これ以上できないのが悔やまれるな」

「……ほんとだね」

くすりと笑いお腹に手を当てると、その上に翔梧さんの手がかぶさり、一緒に撫でる。まだ膨らみのないお腹の中に二人で育んだ命が宿っているのだと思ったら、早く顔が見たくなった。どんな子が生まれてきてくれるのだろうと考えるだけで、今までにない幸福感に包まれる。

「俺たちの子、楽しみだな」

「うん。すごく」

顔を見合わせて再び唇が重なる。翔梧さんの熱のこもった瞳に吸い込まれ、お互いを求めるようにキスをする。呼吸が乱れるほど、何度も。

「茜、つらいことや不安なことは隠さないでなんでも話してくれ」

「……翔梧さんもね」

「うん。茜と出会えて良かった」

「私だってそうだよ。あの時、水をかけたのが翔梧さんで良かった」

「そうだったな」

翔梧さんが笑う。あの日がなければ、今の二人はない。彼が相手だったからこそ私は成長できたし、きっと彼もそう思ってくれているはず。

「これからもっと、茜たちのために頑張るから」

「……翔梧さんは充分、頑張ってるよ。あ、でも」

「ん？」

「今度一緒にスイーツ作らない？」

スイーツ店巡りは一緒にできたけれど、二人で作ってみたいという野望もある。そんな平凡な夢も、叶えていきたい。

「そういえば茜の手作りスイーツを食べたのは一回きりだったね。俺、作ったことないけど足手まといにならないかな」

「器用だから大丈夫だよ、きっと」

「わかった。さっそく週末にやってみようか」

「うん、楽しみ」

翔梧さんとスイーツを作るなんて、想像するだけで楽しみだ。それだけではなく、翔梧さんとしたいことはたくさんある。

もう少ししたらお腹の子の性別がわかるだろうから、ベビー用品を買いにいっていろいろなものを揃えたい。

安定期に入ったら近場でもいいからどこかへ出かけたり、普段は甘いものを控えつつも、たまにはスイーツを食べにいったりもしたい。

夏になったら妊娠八ヶ月。きっとお腹はかなり大きくなっているから、翔梧さんとは二人で手をつないでのんびり散歩をしよう。そして一人の時間は、ベビーグッズを作ろうと思っている。すでに本は購入しているので、翔梧さんと何を作ろうかと話をするのが楽しみだ。

秋にはきっと、二人とも今まで以上に子どものことで頭がいっぱいになるだろうから、経験者である母たちに話を聞きつつも、翔梧さんとの二人っきりの時間をゆっくり過ごしたい。

十一月の中頃にはついに家族が三人になる。初めての出産や育児に不安なことは多いけれど、翔梧さんが隣にいてくれれば安心だろう。お父さんになる翔梧さんを、早く見てみたい。

想像をするだけで心が躍る。

結婚を認められるまでは必死で、趣味や娯楽のことを考える暇がなかった。ただの契約相手ではなく、愛し合っている夫婦としての時間を濃密に過ごしたい。

今だって、二人の時間にどっぷり浸りたいと思っている。

翔梧さんの手が私の頬を撫で、指先が唇をなぞる。

「……もっと、キスしていいかな」

「もう聞かないで」

ソファに座ったまま、何度も唇が重なる。次第に呼吸が荒くなるのも構わず、お互いを求め合う。

最初はただ、子どもさえできればいいと思っていた。

そんな契約ではじまった関係から、これほど深い愛情が生まれるとは想像もしていなかった。しかも、彼も同じ気持ちになってくれるなんて奇跡みたいだ。

私は幸せを噛み締めながら、濃密な時間に目を閉じた。

第十三章　幸せの証

「茜さん、きれいねえ……」

「ほんと、なかなかいいわね」

十二月初旬、私は純白のドレスを身にまとい、二人の母親と微笑み合う。悩みに悩んだウェディングドレスは繊細な刺繍（ししゅう）が施されていて、シルエットは美しいAライン。背面はばっくり開いて抜け感もあり、可愛くなりすぎず大人っぽすぎずの完璧なバランスだ。時期が時期なだけあって肌が露出したドレスは寒そうには見えるが、会場はしっかり暖められているので問題はなかった。

翔梧さんと結婚してから約二年、ようやく結婚式を挙げることになった。

様々な事情が重なり遅れてしまったので、盛大にしたいという二人の両親を説得し、披露宴もなく、身内だけの挙式と会食にした。

「茜」

「あ、翔梧さん」

控え室に顔を出した翔梧さんは私を見て立ち止まる。

「……茜、すごくきれいだよ」

「翔梧さんも、すごくかっこいい」

今まで彼のことをかっこいいと思う場面は何度もあったけれど、今が一番と思えるほど、ホワイトカラーのタキシード姿がサマになっている。白いシャツに明るいグレーのベストとネクタイ。膨張色なのに、それを感じさせないスタイルの良さに見とれてしまうのは仕方がないといえる。

「まま～」

「翔太（しょうた）」

翔梧さんに抱っこされている翔太が、私のほうへと小さな手を伸ばす。私がその手を取ると、翔太はにこにこと満面の笑みだ。

翔梧さんとの子――翔太が無事に生まれ、もう一年が経過していた。

「翔太もかっこ良くしてもらったねえ」

タキシード風のベビー服は、我が子ながらよく似合っている。

「う～」

まだ一歳になったばかりなので多くの言葉は知らないけれど、にこにこと笑っている可愛い男の子は大切な宝ものだ。

私と翔梧さんの関係は、あれからだいぶ変化していた。以前にも増して仲良くなっているし、なんでも話し合える。彼に対する私の気持ちは日に日に大きくなっていた。

翔太のことは何より大事だが、二人きりで愛し合う時間もきちんと取っている。

ただ、私たち以上に大きく変化した人がいる。

「翔太、こっちおいでー」

「じいじー！」

名前を呼ばれた翔太はお義父さんのもとへ、てちてちと歩いていく。最近の翔太は、あちこち歩き回って大変だ。とはいうものの、歩きはじめてまだ一ヶ月。ふらふらと不安定なので、すぐお義父さんに捕まった。

「じいじ、じいじ！」

「どうした、翔太～」

翔太はお義父さんにすごく懐いている。それから、意外なことにお義父さんも――。

「……デレデレだね」

「いや本当、俺もびっくりしてる」

二人で顔を見合わせて笑い合う。

翔太が生まれ、初めて翔梧さんの実家に挨拶にいった時。お義父さんはいつもの厳しい表情を和らげ、恐る恐る翔太にふれた。子どもが二人もいる人だとは思えないぎこちない手つきで抱っこをして、その愛らしさに感動していた。

それ以来、お義父さんは翔太にひどく弱い。見たことのないくらいに目尻を下げ、拍子抜けするほど可愛がってくれている。お義父さんが送ってくれたたくさんの教育のための本は、今のところまだ話題にも上がっていない。

「ほら、お父さんも抱っこしたいんでしょう」

「あ、ああ」

お義父さんに比べ、私の父は消極的だ。初孫に戸惑っているらしい。母に背中を押されお義父さんのもとへ行き、一緒に翔太をあやしていた。恐る恐るふれているのに、翔太が笑うと父の目尻がぐっと下がる。

「まったく、でれっとしちゃって……」

母が頬に手を当ててため息を吐く。

「うちの人もですよ。あんなにデレデレしてる顔、見たことないもの」

二人の母親同士が呆れつつも微笑み合う。

なんて平和な光景だろう。最初に黒崎家に挨拶にいった時を思い返すと、感慨深い。

「あーあ、父さんがあんな顔するとはなあ……」

「結翔くん」

シルバーのスーツを着た結翔くんが顔を出す。式の前にすっかり全員が控え室に集合してしまった。

「二人とも、おめでとうございます。……義姉さん、きれいだね」

「えっ今、義姉さんって……」

結翔くんに初めて「義姉さん」と呼ばれ目を見開く。翔梧さんの妻として認められ、黒崎家の一員となった実感があらためて湧いてきて、胸に迫るものがある。

「そこ引っかからないでよ。きれいだって言ってるんだから」

結翔くんは照れくさそうに目をそらした。

「……うん。ありがとう」

「おい、結翔」

すかさず翔梧さんの刺々しい声が、二人の間に入ってくる。

「ただの感想でしょ。他意はないよ」

「どうだか」

翔梧さんはわかりやすくため息を吐いた。仲がいい兄弟だとわかっているからこそ、微笑ましい光景だ。

「……結翔くん、本当にありがとう」

「なんのこと？」

翔梧さんと私が契約結婚だということを、彼はずっと黙ってくれていた。もしあのタイミングでお義父さんにバレていたら、きっとここまでくるのにさらに時間がかかっただろう。彼には感謝してもしきれない。

「ううん。仕事、頑張ってね」

結翔くんは黒崎不動産で頑張っていたが、ようやく希望どおり課長の座に就くことができたらしく、以前と顔つきが違う。前よりもずっと頼もしくなり、翔梧さんに似てきている気がした。

「ご親族の方は移動をお願いいたします」

呼びにきたスタッフに促され、父や母たちが部屋を出ていく。

控え室には二人……いや、三人が残された。挙式では、翔梧さんが翔太を抱いて登場することになっている。

「そろそろだね、茜」

「うん。よろしくね、翔梧さん」

すでに婚姻関係は結んでいるし、子どももいる。二人は正真正銘の夫婦だ。でも、人前で誓いの言葉を交わすのは初めてだった。

「……茜、一生の愛を誓うよ」

「私も、誓います」

一足先に愛を誓い合う。

「まーま」

「そうだね、翔太も」

翔梧さんの足にしがみついていた翔太を持ち上げると、私の身体ごと翔梧さんが包み込む。

「愛してる」

照れながらも笑い合う。翔太はぽかんとして大きな瞳で私たちを見上げる。

挙式本番はこれからなのに、溢れる愛しさに私たちは愛を誓い合うように、小さくキスをした。


〈END〉

あとがき

このたびは『財閥御曹司と子づくり契約を結んだら、想定外の熱情で独占愛の証を宿しました』をお手に取ってくださり誠にありがとうございます。春密まつりと申します。ありがたいことに、マーマレード文庫様で二冊目です。

今回は初めて『子づくり契約』の話を書かせていただきました。趣味などでも書いたことのない設定でとても楽しかったです。

契約を決めた二人が格差や反対に負けず進み愛を育んでいく、王道なストーリーになったかと思います。翔梧視点も多く入ったので、二人の葛藤やすれ違いにじれじれしていただけていたらうれしいです。

夜のシーンについては普段よく書いているものよりは控えめですが、結婚後の行為は隔たるものがない(控えめな言い方)ものなので新鮮でした。翔梧にどこまで言わせてもいいのかと悩みましたが、基本的に紳士なのでそのことを忘れないように心がけました。

二人ともわりと恋愛運がないというか、出会ってきた異性が酷いものだったのでいい人と出会えて良かったです。子どもも生まれ、一軒家などを建ててきっと理想的な幸せな家庭を築くのだと思います。

表紙イラストはユカ先生です。とても可愛くてかっこいい二人をありがとうございます！　感動して何回も見返していました。

そして担当さんにはとてもとてもお世話になりました。担当さんのおかげでここまで完成することができました。また、本作に携わってくださった関係者の方々にも感謝申し上げます。

最後に、この本を手に取ってくださった方々へ心からの感謝を。あとがきまで読んでいただきありがとうございます。

またお会いできたらとてもうれしいです。

春密まつり

マーマレード文庫

財閥御曹司と子づくり契約を結んだら、想定外の熱情で独占愛の証を宿しました

2023年10月15日　第1刷発行　定価はカバーに表示してあります

著者　春密まつり　©MATSURI HARUMITSU 2023
発行人　鈴木幸辰
発行所　株式会社ハーパーコリンズ・ジャパン
東京都千代田区大手町1-5-1
電話　03-6269-2883（営業）
0570-008091（読者サービス係）
印刷・製本　中央精版印刷株式会社

ISBN-978-4-596-52770-7